田中家、転生する。
猪口
Choco
kaworu
[illust]
6
JN049221

「「さんじゅうご、
「‼ 遅いぞ！ ゲオルグ、ウィリアム！」」
アーバン

エマが見つけてアーバンが射落としたその魔物を見た瞬間、一家が凄まじい速度で動きだし始めたのだった。

「え……と？　まずその子が猫なのか、という疑問からでは？」

「もふもふですわ、ケイトリン！」

「ゴロゴロ言っていますわ、キャサリン！」

「いや、こんなに大きな猫は初めてだ」

ネコと和解せよ

Choco
猪口

[illust]
kaworu

口絵・本文イラスト：ｋａｗｏｒｕ
デザイン：杉本臣希

CONTENTS

登場人物紹介

田中家／スチュワート家

一志／レオナルド

田中家の大黒柱。現在は辺境の領主で、魔物狩りの腕は一流。裁縫の腕は国宝級。前世も今世も娘大好きな親バカパパ。

頼子／メルサ

才色兼備な一家の元締め。元公爵家令嬢で、貴重な田中家のブレーキ役……の筈。今世の目標は孫を見ること。

航／ゲオルグ

田中家長男で、現在は魔物狩りの修行中。次期領主として、学園卒業という難関に挑戦中。目下の課題は講師の話を理解すること。

港／エマ

田中家長女で、虫大好きな研究者。巨大蚕の育成でスチュワート家の財政を支えたが、同じくらい厄介ごとを引き起こす大体の元凶。

平太／ウィリアム

田中家末弟で、3兄弟の頭脳役兼姉のパシリ。キラキラ美少年に転生するも、前世に引き続きロリコンを患う何かと残念な弟。お目当ての少女たちは兄に取られがち。

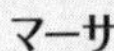

マーサ

スチュワート家のメイド。
主にエマの世話係。

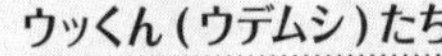

ウッくん（ウデムシ）たち

ロバートの悪戯でエマにけしかけられた超貴重な虫。何故か巨大化してスチュワート家敷地内の洞窟に生息中。

コーメイ（田中諸葛孔明）

エマ（港）と仲良しな三毛猫。港を守るために転生＆巨大化し最強のモフモフに。好物は真夏に食べるきゅうり。

リューちゃん（田中劉備）

ウィリアム（ぺぇ太）と仲良しな三毛猫。前世より先見の力があり、田中家転生の未来を予見した。好物はネコ缶。

かんちゃん（田中関羽）

ゲオルグ（航）と仲良しな黒猫。やんちゃな武闘派。必殺技は無音の猫パンチ。好物はネコ缶だったが、転生後は魔物も好んで食べる。

チョーちゃん（田中張飛）

レオナルド（一志）と仲良しな白猫。お気に入りの場所はレオナルドのお腹の上。のんびり優しい。長毛種。和顔。好物はちゅ○る。

フランチェスカ・デラクール

第一王子を支持する派閥に属する侯爵令嬢で、毎年の洗礼を仕切るナンバー2だったが、今はエマ達と仲良しのお友達。

キャサリン・シモンズ ケイトリン・シモンズ

海に囲まれ、王国一の港を持つ貿易の街シモンズ領の双子令嬢。
何をするのも一緒。

マリオン・ベル

代々騎士団を率いる名門ベル公爵家の令嬢で、学園に通う令嬢たちの憧れの君。

アーサー・ベル

マリオンの兄で、エドワード第二王子の護衛として学園に通う。

シャルル・コンスタンティン・ロイヤル

現国王様。
戦いでは自ら前線に出る武闘派ワイルド系ガチムチイケオジ（エマ談）。

ローズ・アリシア・ロイヤル

側妃。パーティーで田中家と知り合い、以来お泊りするほど仲良し。
輝くように美しい絶世の美女。

エドワード・トルス・ロイヤル

第二王子。エマの天使スマイルの被害者。
王族としての務めと学業の両立で多忙。

ヤドヴィガ・ハル・ロイヤル

第一王女で、エマとは友達。優しいゲオルグが大好き。ウィリアムは別に……。遊び（特におままごと）には厳しい。

ロバート・ランス

四大公爵家ランス家の令息で、王族の血筋を引いている。ウデムシ紛失の罪で寒村に追放され、ダリウスとして老人たちと暮らしている。

ヨシュア・ロートシルト

スチュワート家が作った絹を売る商人の息子。エマが好きすぎて時々暴走するが、本人もとても優秀な商人。エマと学園に通うために爵位を買った。

ハロルド

スラムで子供たちと暮らしている。インテリ系サブカルイケオジ（エマ談）。
絵の腕と絵の具づくりの技術でロートシルト家と専属契約を結び、スラムの復興中。

ヒュー

ハロルドとともにスチュワート家に救われたスラムの少年。
屋敷に出入りするニンジャたちの教えを受け、密偵として活躍中。

タスク・ヒノモト

皇国の第一皇子。

言語の壁で交易の難しい皇国を背負って立つ秀才……なのだが、幸か不幸か田中家に巡り合ってしまう。

マサノリ・フクシマ

皇国の将軍の家臣にして、魔物討伐の責任者。

オワタ討伐終結後は亡き仲間の意思を継ぎ、復興に力を入れている。

ヒルダ・サリヴァン

メルサの母。

マナーの鬼と恐れられる社交界の権威。

孫娘（エマ）更生のためマンツーマン指導中。

ファナ

スカイト領で突如発見され、エマに代わって聖女認定された少女。

魅了の魔法で学園内を支配しているが、その容姿は前世の港のもの。

ゲイン

レオナルドの父親の弟。

次男。エマ大好き四天王の脳筋担当。

ちっちゃなことは気にしない豪快な性格。見た目はマフィアのボス。

ザック

レオナルドの父親の弟。

三男。一族の貴重な賢い人枠だが、エマ大好き四天王の一人。見た目はマフィアの参謀。

ギルレモ

ザックの息子で、レオナルドとは2つ違いの従兄。

父子揃ってエマ大好き四天王の一人。見た目はマフィアの幹部。

アーバン

レオナルドの弟。三兄弟の学園入学に合わせてパレスの領主代行をしている。エマ大好き四天王の一人だが、他の３人に色々と押し付けられがち。

前回のあらすじ

皇国の問題を解決し、無事に帰国を果たしたスチュワート家。

休暇を満喫しすぎたせいで新学期はとっくに始まって、大遅刻することに。

知らぬ間に学園は教会が認めた聖女、ファナの話題でもちきりとなっていた。

聖女と噂されていたエマは、皇国に行っている間に偽物扱いされるようになっていた。

そんな折、三兄弟は学園で噂の聖女、ファナの姿を見たことで激しく動揺する。

聖女ファナの姿はなんと、エマの前世、田中港そのものであった。

エマは、異世界転生をするような何でもありのファンタジー世界で起こった、偶然とは思えない特大のフラグを目の当たりにし、恐怖に囚われ取り乱す。

コーメイと家族、親戚のおじさま＆サツマイモ（焼酎）で元気を取り戻すが、大事を取ってエマはファナとの遭遇を避けるために学園はしばらくお休みすることになった。

第八十五話　課外授業。

「あー……姉様は今頃、猫と楽しく遊んでいるんでしょうねぇー」

ウィリアムがぐったりと机に突っ伏しつつ、呟いた。

体を動かして火照った顔にひんやりとした机が気持ちいい。

「だなー。ヨシュアはヨシュアで今日も休みだし、殿下とアーサー様も忙しいのか、最近顔見てないような……」

疲れ果てているウィリアムとは対照的にゲオルグは涼しい顔で弟の呟きに頷いた。

「それにしても姉様がいないと学園生活ってこんなに平和に過ごせるものなのかと……びっくりですよね」

エマは元気は元気なのだが心配する母の一存で、あれからずっと学園を休んでいる。

港のアラフォー制服姿に兄弟がSAN値直葬したのが一週間前。

フアナ嬢に関する噂はあれこれと耳にするものの、その後は全く接触してくることもなく、ゲオルグとウィリアムは何とも平和な学園生活を過ごしている。

というか、驚くほど何も起こらない一週間だった。

変な生徒にいちゃもんをつけられることもなく、空から虫が降ることもなく、騒動が起きることもない。

「平和っていうか、これが普通なんだろーけど、なぁ……」

これはこれで退屈だと思ってしまうゲオルグは相当エマに毒されている。

「……まぁ、姉様は勉強に関してはめちゃくちゃ要領が良いので心配はないと思いますが……」

はぁ……とウィリアムが周りを見る。

兄弟は狩人の実技を終え、次に受ける魔物学の教室に移動してきていた。

刺繍の授業を受けている令嬢達は、まだ来ていない。

そのせいもあってか、席は半分以上埋まっているのにとても静かだ。

数日前までは、休んでいるエマの体調はどうかと訊きにくる者がちらほらいたのだが、ここ最近はもう、遠巻きに全員が悲痛な表情でこちらを盗み見るだけで話しかけにも来なくなっていた。

これが、普通と言えるのか甚だ疑問である。

「知ってます？　姉様、噂では意識不明の重体で、食事らしい食事は二週間以上摂っていないらしいですよ？」

さっきトイレの個室に入っていたら、聞こえてきたのだとウィリアムが重めのため息を吐く。

もう、エマの病状は絶望的で、ウィリアムとゲオルグに声をかけることすら憚れると気を遣われている。

「は？　……ウィリアムもしかしてそれは、今朝、朝ご飯の準備を手伝う振りしておにぎりを握ったそばから食べまくって、母様に怒られていたうちの妹の話か？」

苦労して手に入れた一俵の米は、もう半分以上なくなっている。

「その、妹の話ですよ。兄様」

「……ある日突然元気に登校して来たエマを見て、また陰口叩かれないといいんだが……」

結局、いてもいなくても頭が痛いな、とゲオルグもため息を吐く。

そんな心配をする様子さえも、令息達に観察されていることを兄弟は気付いていない。

「おい、見ろよ。あのゲオルグ様の物憂げな表情を……」

「やはり、あの噂は……」

「ウィリアム様のため息……あれが十やそこらの少年が出せる重さか？」

「仕方がないんだ。お二人共、すぐにでも帰って看病したいのを必死に抑えて学園に通っているからな……だって、それがっ！　エマ様の願いだからっ！」

とある想像力豊かな令息は今日も絶好調である。

「ううっ！」

「悲しい！　なんて悲しいんだ……」

残念ながら、噂が収まる気配は一向にないのであった。


一方、その頃の噂の張本人であるエマは、焼酎用に買い占めたサツマイモを拝借してスイートポテトを作っていた。

「くしゅん！」

「にゃ？」

くしゃみをしたエマに大丈夫かとコーメイが鳴く。

「ん？　大丈夫、風邪じゃないよ？　仕上げ用に粉砂糖用意してたら鼻がムズムズしただけ」

冤罪だ！　と粉砂糖が学園の様子を知っていたらきっと叫んだに違いない。

◆　◆　◆

「教室が湿っぽいわ、ケイトリン」

「教室が湿っぽいわね、キャサリン」

刺繍の授業を終えて魔物学の教室に入ると、生徒の大半が涙ぐんでいた。

「何かありましたか？」

フランチェスカが、ウィリアムに尋ねる。

ウィリアムは狩人の授業の後でぐったり怠そうにしているが、これはいつも通りである。

「え？　何か……というか……」

「いや、教室の雰囲気が暗いような気がするのだが……？」

ウィリアムの目が泳いでいたため、質問を理解していないかと思ったマリオンがゲオルグにも尋ねる。

「……ん？　狩人の実技の後は皆、疲れてるからじゃないか？」

ゲオルグが周りを見ると、教室の生徒達は悲しみのあまり兄弟から目を逸らして机に突っ伏していた。

その生徒らの姿は、狩人の実技の後ではよくある体勢で、普段からこの時間は一人だけ元気なゲオルグにはいつも通りに見えていた。

「いや、だから、兄様……そうじゃなくて……もう、いいです」

違う、そうじゃない、と言いかけたウィリアムだったが、そろそろ授業が始まるからと諦める。

「ねぇねぇ、ケイトリン？　あれ、絶対にお二人が何かしたのよね？」

「ねぇねぇ、キャサリン？　やっぱりお二人共エマ様のご兄弟よね？　そっくりだものこういうところ……」

双子がきょとん顔のゲオルグを見て、似ていると笑い合ったところで授業開始の鐘が鳴り、魔物学の強面教師が現れた。

その威圧感だけで、湿っぽかった教室の雰囲気がピリッと締まる。

「今日は、授業の前に課外授業の説明をする。危険を伴う授業だから、心して聞くように」

普段から怖い教師の威圧感が、課外授業の話に入ると更に倍増した。

これは、絶対にふざけてはいけない……と生徒達はゴクリと喉を鳴らし、今だけは可哀想な令嬢のことを頭から無理やり引き剥がした。

◆　◆　◆

「どういうことだ？」

エドワード王子はスカイト領から帰ってきた騎士の報告に眉を顰めた。

「スカイト領の結界の近くに、人が住めるような家屋はありませんでした。近くの村で尋ねても、森に人が住んでいたなんて聞いたことがないと言う者ばかりで……」

調査した騎士は、ファナが森の奥で祖母と住んでいた家は影も形もなく、近隣で二人を見かけた者すらいないという。

「それ以前に、あの森は人が住めるような場所ではありませんでした。結界のゆらぎが頻繁に発生し、魔物がそこら中うろついていて、スカイト領の狩人の手が全く足りておりません」

森での調査はかなり過酷だったようで、報告する騎士の表情は苦悶に満ちていた。

魔物との交戦で脚を負傷したらしく、左脚に包帯が巻かれている。

「ファナ嬢が嘘を言っていると？」

「殿下、あそこで生活するなんて不可能です。ましてや老婆と若い娘では一瞬で食べられて終わりですよ」

報告を終えた騎士は左脚を庇うように立ち上がり、部屋を後にする。

彼含め、調査に向かった騎士達の大半は森で魔物と遭遇し、深手を負って帰ってきた。

その痛々しい姿こそが、彼らの報告が真実だと何よりも物語っていた。

「どう思う？　アーサー……」

難しい顔で報告を聞いていたアーサーに王子が尋ねる。

「ファナ嬢云々よりも、結界内で魔物がうろついているのは放っておけません。即座に対策を打たねばならないでしょう」

魔物が森を出て人を襲う前に、取り返しのつかない事態になる前に、なるべく早く。

猶予はあまり残されてはいない。

「しかし、これ以上の騎士の派遣は現状難しいでしょう。父の話ではもう、騎士もギリギリで人員を割けないようです。騎士は対魔物用の訓練はしていませんからね。辺境へ送っても負傷して帰って来る者が後を絶たないとか……それに」

負傷した騎士が出ていった扉を見ながらアーサーは頭を悩ませる。

「課外授業の事か？」

「はい。今年はスカイト領です」

社交シーズンと試験期間の間のこの時期に、学園では毎年課外授業がある。

課外授業は魔物学、狩人の実技を受ける男子生徒を中心に募集し、魔物の出現する辺境の領へ赴き実地研修が行われる。

結界を有する辺境の森の見学、狩人の仕事の見学、魔物の加工等を体験する。

王国の将来を担う若者に王国の脅威を肌で感じさせ、危機管理能力を育てようと、今の国王が戴冠した際に始められた。

しかし、この課外授業に不満を持つ親も多い。

大事な息子が怪我でもしたらどうしてくれるのだと苦情が殺到したため、参加は任意とされた。

因みにスチュワート家の治める辺境パレス領は王都から距離があり、遠いので課外授業の場として選ばれることはない。

「参加者は毎年、いても数名程度らしいが、スカイト領の狩人の負担は大きいだろう。とはいえ、私も間近で魔物を見た者としては、経験しておくべき授業だと思う……難しいな」

ファナ嬢に魔物に課外授業……問題が山積みであった。

◆　◆　◆

「つまり、この課外授業を受ける者は危険が伴うことを十分に理解して親御さんとしっかり話し合ってから参加を……ん？　どうした？　ゲオルグ・スチュワートにウィリアム・スチュワート？」

魔物学の教師が課外授業の説明をしていると、目をランランと輝かせた生徒が二人、手を挙げている。

「「参加します！」」

「早っ！　お前達、説明をよく聞いていたか？」

「「はい！　是非とも、参加させて下さい！」」

ひとえに辺境領といっても、場所によって出現する魔物の種類は異なる。

パレスで見たことのない魔物を狩れるチャンスが都合よく降って湧いて来たと兄弟はヤル気満々である。

更に教師が言うには課外授業に参加すれば、魔物学と狩人の実技の成績に加点が付くというではないか。

魔物学が少々不安なゲオルグと狩人の実技が少々不安なウィリアムには願ってもない話なのだ。

「ちゃんと聞いていたか？　親御さんからの許可が参加の必須条件だ」

課外授業にここまで積極的に参加したいと言う生徒は前代未聞である。

さすがの強面教師も二人の勢いに驚く。

「ヴォルフガング先生！　では親の許可があれば参加しても良いのですね？」

「あの、先生！　課外授業で成果を出したら古代帝国語も加点してもらえたりしないでしょうか⁉」

教師だけではない。

他の生徒達もゲオルグとウィリアムの勢いにどうしてそこまでして参加したいのかと首を傾げている。

「あ、ああ。ウィリアム・スチュワート、親御さんが許可すれば参加は可能だ。しかし、お前はまだ幼いのだから、もう少し慎重に考えた方がいい。しっかり相談して決めなさい。あと、ゲオルグ・スチュワート、残念だが、古代帝国語の加点はない」

「分かりました！　先生、今夜両親に訊いてみます！」

「そんなっ、先生……そこを何とかなりませんか？」

教師の答えにウィリアムは喜び頷き、ゲオルグはがっくりと肩を落とした。

「あの、お二人共大丈夫なのですか？」

教師が何度も危険だと言っていましたよ、とウィリアムの隣に座るフランチェスカが心配そうに尋ねる。

「フランチェスカ様、やはり実物を見ないことにはどんなに勉強しても身に付かないと思いませんか？」

心配するフランチェスカにウィリアムがもっともらしい返事をする。

「たしかに、王都に住む私達は特に参加するべきかもしれない。本物の魔物なんて見たことがないからね」

「マリオン様！　最近は狩人の手が足りず、騎士も辺境に派遣されていると聞いたことがあります。将来騎士を視野に入れているなら課外授業はやってみる価値があるかもしれませんよ」

心が揺れているマリオンにゲオルグがもっともらしい返事をする。

「課外授業、楽しそうですわね。ケイトリン？」

「課外授業、楽しそうですわ。キャサリン」

双子は説得するまでもなく、魔物への興味を遺憾なく発揮している。

「それに、姉様が今ここにいたら、きっと参加すると言うと思います」

令嬢達が親に訊いてみようかしらと思い始めたところに、少しテンションが上がってしまったウイリアムがトドメの一言を放った。

エマ……と聞いて周りの令息達の目の色が、変わった。

「今年行く予定のスカイト領は、狩人の手が足りずに困っていると聞いたことがあるぞ……」

「ああ、エマ様なら困っている者がいるなら放ってはおかないだろうな」

「……エマ様が元気だったらきっと参加しようとするに違いない……それなのに俺は、何を、怖れているんだ？」

魔物学初級の生徒達は、さっそく今夜、課外授業に参加するため、親に許可を貰おうと心に誓った。

こうしてウィリアムの余計な一言で課外授業の参加希望者が例年の数倍へと膨れ上がることになったのは言うまでもない。

そして、課外授業に集まった生徒達は奇跡を見ることになる。

意識不明の重体で死にかけていると噂の令嬢が満面の笑みで参加しているのだから。

◆◆◆

「い――――なぁ――――――！」

帰宅したゲオルグとウィリアムから課外授業の話を聞いてエマが叫ぶ。

「お父様、私も行きたいです！　他の領の魔物、見てみたいです！」

「でも、エマ？　今、学園休んでいるんだし……大人しくしていた方が……」

レオナルドがエマのあざといお強請りを前に怯みながらも説得を試みる。

「休んでいるからこそです、お父様！」

「にゃーん！」

「うにゃうあ！」

「にゃんにゃ！」

「にゃにゃあ！」

「！　ほら、コーメイさん達も行きたいって言ってます！」

詰め寄るエマと猫達の上目遣いにレオナルドは陥落寸前まで追いつめられている。

「うう……そんなこと言ったら、私だって行きたいよ！　スカイト領は結界を有する領の中でもパレスから一番遠い所。出現する魔物の種類も数も全然違う！」

多種多様な魔物と数多く相対することは、狩人にとっては願ってもないことで、経験を積むことこそが何よりも成長に繋がる。

辺境の領にとって狩人の腕の良し悪しは、死活問題である。

「なのに、困ったことに領によってはうちのやり方がありますから……とか言って他領の狩人を受け付けないところも結構あったりしますからね」

ウィリアムは合理的ではないと首を振る。

王都から近い領ほど結界と接する面積が少ないために、協力の必要性が低く、その傾向が強いのだ。

王都から一番近い辺境であるスカイト領はその筆頭だろう。

「そのせいで毎回、毎回、結界に接してない領の狩人の教育を、殆どパレスが引き受ける羽目になるっていう……」

そろそろパレスのアーバン叔父様も研修の準備に取り掛かる頃かな……とゲオルグが遠い目をしている。

領主魔物管理六か条の⑤

辺境の領主は定期的に魔物の出現のない領の狩人を自領で受け入れ、教育しなければならない。

気付けばこの定期が、冬の農閑期と決められ（別に狩人が皆揃って農業に従事しているわけではない）、雪が寒気がと何かと理由をつけられては王国最南端のパレスに押し付けられるのだ。

「あれ、国から予算とか出ないのよね……全部受け入れた領の持ち出しだもん」

エマが今はともかく貧乏時代は本当に辛かったよねーと思い出す。

宿の手配から食事、怪我をする者が出ればその治療費、装備に至るまでを負担するとなると結構な額になる。

タダでさえ冬を越すのは大変だったのに。

「そうだったね。特に結界に接してない領の狩人って甘ったれた勉強だけはできる頭でっかちの貴族の次男三男が多いから教えるのも一苦労でさ……」

　レオナルドも表情が曇(くも)る。

こちらの言うことは聞かない、怒ると拗(す)ねる、泣く、夜に宿から抜(ぬ)け出して飲み屋で問題を起こしたり……。

「「「アーバン（叔父様）……大丈夫かな？」」」

　四人が揃ってため息を吐く。

「でも、だからこそ、学園の生徒はこの課外授業を受けることが大事だと思うのよね。魔物学も狩人の実技も授業だけでは伝わらないことがあるだろうし……」

「うにゃ！」

「うにゃう！」

「にゃあ！」

「にゃにゃ！」

と、いうことで……課外授業、行ってもいーい？

とエマが猫と一緒(いっしょ)に再びレオナルドにお願いする。

「う、うーん……」

「いいわよ」

「メルサ!?」

丁度、部屋に入って来たメルサの声に追いつめられたレオナルドが振り返る。

「実は今日、お呼ばれしたお茶会で奥様方から聞いたのだけど、課外授業は参加生徒一人につき二人まで保護者の同伴が認められるそうなの」

ドッペルゲンガー港問題が解決していない今、課外授業で家族が離れるよりも一緒に行動できる方が良い。

家族で唯一ちゃんと社交しているメルサが、有益な情報を持って来た。

しかしながら、この保護者とは前世の感覚ではイコール親だったりするが、こちらの世界では身の回りの世話をする者や護衛する者の意として使われることが多い。

もちろん、お茶会の奥様方が言っていた保護者は後者に当たる。

学園の課外授業という名の魔物狩り実習に貴族家の当主と夫人が参加するなんて普通の感覚の持ち主は思ったりしない。

たまにやらかすメルサのうっかりが発動しているが、もちろんそれに気付く者はこの一家にはいない。

「つまり、私もメルサも参加できるってことだね！」

それなら大丈夫だね、と何も疑わないレオナルドは頷いている。

「え、じゃあ！　保護者、あと四人参加できるってこと……？」

どうせ行くなら人数が多い方が楽しいよね、とエマ。

「にゃ！」

「にゃ！」

「にゃ！」

「にゃ！」

待ってました、とコーメイさんとリューちゃん、かんちゃん、チョーちゃんが前脚を上げる。

「っ……なんか神々しいな……」

四匹が並んで前脚を上げ、立候補する姿は巨大な招き猫が並んでいるようにしか見えなかった。……御利益凄そう。

「…………さすがに……ね、猫は……」

メルサは言いづらそうに、無理じゃない？　と首を横に振った。

「「「「ぬにゃ!?」」」」

◆　◆　◆

時を同じくして王城。

「お断り致します」

王城で暮らすファアナの元にスカイト領の領主が訪れていた。

森で迷っていたところを偶然ファアナに助けられた領主というのは彼である。

「ファアナ嬢……領民は貴女の訪問を心待ちにしております」

スカイト領では魔物の出現が年々増加してきており、領民達は不安な日々を送っている。

彼女の黒髪と黒い瞳を見て、息子に王城へ送らせたのが数か月前。

今や教会が認めた聖女となったファナに、慰問に来てほしいと領主は何度も手紙を出していた。

「お手紙にも書きましたが、忙しいのです。そのような時間は取れません」

しかし、ファナからの返事は一貫して否であった。

それならば、と領主は一計を案じる。

今年の課外授業はスカイト領。

国王陛下と同行すれば、聖女一人の場合に比べて護衛の騎士を多めに付けることができる。

狩人の人員も課外授業の期間は可能な限り休まず常駐しているので、普段は危険だからと侵入禁止の森に入れるチャンスもあるかもしれない。

なぜかその危険な森で亡き祖母と暮らしていたファナへ、祖母の墓参りを提案する。

「ふっ。残念ですが、今は王都を……離れることはできないのです」

しかし、領主の提案をファナは鼻で笑って断った。

王都はこの国の中心。一番安全で、きらびやかな場所である。

たった数か月、王都で暮らしただけで人はここまで変わるものだろうか。

これが、教会が認めた聖女だというのか。

不安に耐えながら生きる領民達に、ほんの少しの慈悲も与えようとしないこんな人間が。

王城に用意された豪奢な部屋。

出会った時、着ていた服一枚しか持たなかったファナは今、王国の貴族しか通うことを許されない学園の制服を纏っている。

王族として城で暮らし、教会では聖女と崇められ、飢えることも、魔物の心配もない快適な生活は、たしかに魅力的だろう。

だが、その生活は辺境の犠牲の上に成り立っていると、数か月前までスカイト領にいた彼女なら分かっているはずだ。

分かっていて尚、この態度なのか。

「もう、頼まない。失礼する」

そう言って、隻腕のスカイト領領主は悄然と聖女の部屋を後にした。

◆ ◆ ◆

「～♪　～♪　～♪」

「……ご機嫌ですね？　陛下」

鼻歌交じりに剣の手入れをする国王を見て、王妃はため息を吐く。

学園の課外授業に毎年ピクニック感覚で無理やり参加する国王など、この人だけだろう。

「久しぶりに暴れてくるよ、ビクトリア」

国王はニカッと白い歯を見せて笑っている。

「今年はエドワード殿下も参加されるとか、張り切ってあまりハメを外さないようにして下さいね。

貴方もいい歳なのですから……」

王妃ビクトリア・シャーロット・ロイヤルは国王の笑顔に、仕方のない人と肩を竦めた。

昔から政務よりも体を動かすことを好み、隙あらば騎士の訓練に交じるような人だった。

そして幼き頃より彼との結婚が決まっていたビクトリアは、正反対に国の歴史や政に強い関心があった。

女は美しく笑っておけば良いとされる社会で、必要以上に学ぼうとする私の意欲に誰もが眉を顰めた。

私は当時でさえも、王国の女性の中では飛び抜けて高い地位にいたが、やりたいことをやらせてもらえるような環境は与えてもらえず、いつも不満を抱えていた。

そんな窮屈を強いられる王城で、陛下と私は婚約者であり、悪友で、戦友だった。

彼は教育係として集められた優秀な教師の授業に、私も同席できるように取り計らってくれたし、私は彼が騎士の訓練にこっそり参加するために抜け出す時の些細なきっかけを作ってやった。

お互いのやりたいことをお互いが協力して、数多の悪巧みを二人で成功させて、今がある。

「私が王都を離れている間、政務の方は任せたよ。……まぁ、君に任せておいた方が王国は安泰なんだろうけどね。相変わらず王城は頭の固い連中が多いのが困りものだな」

一人引退しても、新たに一人現れるのは何でなんだろうな、と国王はやれやれと頭を掻(か)く。

他でもない国王が自由過ぎて、臣下が厳しくせざるを得ないことを、本人は気付いていない。

「あら、政務も結構大変なんですよ？　ほら、どこかの誰かさんのご落胤(らくいん)やら、綿の不足、帝国からの意味不明な要求も年々多くなってきましたし……」

「ちょっ、ビクトリア!?　君までファナ嬢の父親が僕(ぼく)だと思っているのかい？　ローズには冷たい目で見られるし、エドワードは最近他人行儀(ぎょうぎ)だし、ヤドヴィにはお髭(ひげ)痛いからやめてって言われるし……あ、マックスは？　そろそろ帝国留学から帰って来る頃だったよね？　君、変な事……手紙に書いたりしてないよね？」

国王はひとしきりあわあわした後、不安そうにビクトリアの返事を待つ。

王妃ビクトリアが生んだ第一王子、マクシミリアン・ルイン・ロイヤルは、国の政務の傍(かたわ)ら、隙(すき)間(ま)を縫(ぬ)うように短期留学をして各国の政治を学んでいる。

母親に似て……いや、それ以上に政への関心が高く、国のために貪欲(どんよく)に学ぶ姿は次期国王として誰もが期待していた。

「はぁ……。どうせもうすぐ帰って来るのです。こんな情けない話、手紙に書ける訳がないでしょう？」

母親から外国に留学している息子へ、父親に隠(かく)し子がいるかもしれないなんて、海を跨(また)いで知らせるのはなんとも忍(しの)びない。

「だ、だから！　私は君とローズ以外の女性を愛したことなどないのだ！　信じてくれ！」

　国王は必死に言い訳する。

「でも……二度あることは三度あるとも言いますでしょう？」

　マクシミリアンは今もだが、お腹の中にいた時点で相当大きな子供だった。

　小柄なビクトリアはなんとか産み落としたものの、その後、子を成すことはなかった。

　跡を継ぐ者が一人では心許ない上に、国王の兄であるカイン殿下の野心を隠そうともしない態度に危機感を覚え、ビクトリアは進言した。

　側室を設けろと。

　遠い昔に魔物によって滅びた大国、華国の王には妻が何人もいたと、国王と共に歴史を学んだビクトリアは知っていた。

　愛人ではなく、側室を。

　王の子を産む女性に相応の立場を与え、その子供にも正式に跡継ぎの資格を持たせることで、なんとしてでもカイン殿下を牽制したかった。

　あの男だけは、王にしてはならない。

「ビクトリア、なんてことを言うんだ！　私は君だけを愛することを神に誓ったのだ……なんて、言った数年後にローズさんを側室にしたいと言われたこと、忘れてませんから私」

　お前だけだと言われれば女として満たされる。

　しかし、王妃として国の未来を考えるのならせめてもう一人は跡継ぎが欲しかった。

その複雑な乙女心をこの男はわずか数年で……。

「そっ……それはっ！　だが！　えっと……だって、一目惚れしちゃったんだもん」

ビクトリアの冷たい視線に、国王は口を尖らせる。

「だもんって……本当に仕方のない人ね」

こんな情けない国王の姿は、ビクトリアしか知らないだろう。

それで、いい。

この顔を見られる私は彼にとってまだ、特別なのだから。

それに、ローズ・アリシア・ロイヤル。

彼女の美しさには、国をも滅ぼしかねない危うさがある。

あのタイミングで王が娶っていなければ、彼女を巡って数十……いや、下手をすれば数百人の命が失われたかもしれないのだ。

華国の言葉にもある【傾国の美女】とは彼女のことだろう。

王国存続のためにも、夫婦仲は良いに越した事はない。

私と王、ローズと王、どちらともだ。

実際のところ、王の愛は少々暑苦しいため、半分ずつくらいがお互い丁度良いのかもしれない。

「何を笑っているのだ、ビクトリア？」

「いいえ、陛下。何事も、過ぎたるは猶及ばざるが如し、陛下は陛下の役割を全うして下さい」

「よし、スカイト領で一角ウサギを仕留めたら君に毛皮のコートを作ってやろう」

「陛下、この時季の一角ウサギは毛の色が茶色や黄色のものばかり。どうせ戴くなら真冬に狩られた純白の毛皮がいいです」

「……ビクトリア、相変わらずお前はしっかりしているな」

「陛下が、相変わらず抜けているだけでは？」

「ふっ」

「ふふふ」

魔石資源を求め、帝国が王国を植民地にしようと画策していることを、この時王家はまだ気付いていない。

聖女ファナを通じて、国王が課外授業に参加するために王都を離れるという情報は、侵略の機会を窺っていた帝国に絶好の機会と見做されていた。

王国は今、有史以来初の戦争の危機に晒されているのであった。

第八十六話　事前に説明した通り。

課外授業初日、魔物学と狩人の実技の教師（いかつい）が日程と授業の概要説明をするために生徒、保護者を集めたミーティングを始めた……のだが。

「あー……うん。事前に説明した通り、参加者には各自が用意した馬車かテントで寝泊まりしてもらう。周りを見れば分かるように、結界近くには宿泊施設どころか民家もない。そのために、君たちはそれぞれ同行した保護者……に身の回りの世話をしてもらい、万が一魔物に出くわした時には護衛……なの……だ……が……。あの、えーと……スチュワート伯爵？」

経験豊富な教師が戸惑っていた。

生徒も、同行した保護者も戸惑っている。

「ん？　どうかしましたか？　ヴォルフガング先生？」

説明中にいきなり名指しされた、レオナルド・スチュワートが首を傾げる。

「……あの、私の見間違いでなければ、一家総出で参加……してません？」

スチュワート三兄弟の後ろに保護者として控えているのは、どう見ても父親のレオナルド・スチュワート伯爵である。

その隣には、母親のメルサ・スチュワート伯爵夫人。

そしてその隣には、辺境にいるはずの叔父、アーバン・スチュワート領主代行が満面の笑みで座っているのだ。

「ほら、叔父様が参加しているから皆驚いているわ」

アーバン叔父様はとっても優秀な成績で大学を卒業したから王都では有名人だものね、とざわざわ、ちらちらとこちらを窺う参加者の様子を見てエマが叔父に笑いかける。

「……いや、姉様？　違いますよ？　学園では姉様死にかけている説が横行していたので皆……ゾンビでも出たのかと驚いているのですよ？」

ウィリアムが呑気な姉を見て首を横に振る。

「ん？　なんか、他の奴らの保護者……メイドと護衛っぽい格好の人多くないか？」

ゲオルグが周りの顔ぶれと我が家の面々の違いに気付く。

「あら、もしかして保護者の定義が違ったのかしら？　でも、エマの言うことも一理あるし、ウィリアムも……。どうしましょう、きっとどれかが当たっているから……」

なんだか注目されているよな……とメルサが困ったように頬に手をやりレオナルドを見る。

「いや、っ全部です！」

教師がその場にいた皆を代表して、スチュワート家の会話に口を出す。

「「「「え？」」」」

「全部です。ええ、ええ、全部です!!　何故、パレス領に領主代行として着任したはずのアーバン・スチュワート博士がここに？　おい、エマ・スチュワート、お前体大丈夫なのか!?　先生心配していたんだぞ？　あと、伯爵も夫人も参加って!?　メイドは!?　身の回りの世話はどうするのです!?　令嬢の参加だけでも今年は驚いたというのに伯爵家の夫人までがこんな危険な場所へ来るなんて……」

魔物学教師、ヴォルフガング・ガリアーノは参加者全員が思っていたことを一気に発露する。

「ん？　ああ、私かい？　夏休みに帰って来ると思っていた可愛い姪が帰って来なかったから……来ちゃった！」

てへっと姪狂いのアーバンが舌を出す。

夜中に突然、一人暮らしの彼氏のアパートにやってきた彼女かよ……僕はそんな経験一度もしたことないけど、とウィリアムは一人心の中で悲しい突っ込みをする。

「パレスは親戚に任せて（押し付けて）ありますのでご心配なく」

領主代行の代行がしっかり辺境を守っていますとアーバンは胸を張る。

「先生！　私、元気ですわ！　きゃっ！」

はいはーいと挙手しながら立ち上がって、エマが教師に元気アピールする。

なんなら元気が有り余って前のめりに倒れそうになり、すかさずアーバンがスマートな仕草で支えてフォローする。

「おっと、エマ大丈夫？」

「叔父様、ありがとう」

元気な姪と優しい叔父の何気ない仕草だった。

だが、それを見た参加者達はぐぅっと喉を詰まらせる。

エマ様はもう長くない。

あの噂はやはり本当だったかと、今の一連の動きで確証を得てしまった。

意識不明の重体こそ違ったようだが、辺境にいるはずのアーバン博士が駆けつけるほど病状は良くないのだ。

だが、そんな状況にあっても辺境の領主の子供であるゲオルグとウィリアムが課外授業に参加しない訳にはいかない。

それならば、残りの少ない時間を家族で過ごすために、エマ様は病んだ体に鞭打って課外授業に参加している……？　そんな……そんなこと……。

「「グスっ」」

駄目だ、我々が泣いては気丈に振る舞うエマ様や家族の努力に水を差してしまう……。

「「ズビっ」」

参加者達は膨れ上がる想像と込み上げる涙を堪え、必死で洟を啜る。

「？　皆さん花粉症かしら？　この時季に珍しいですわね」

周りの様子にエマがハンカチをお配りした方がいいかしらと思案する。

「……な……るほど。ですが、あの。一人のメイドも付けないのはどうかと……」

スチュワート家からはあと二人保護者がいた。

彼らは格好から見て狩人だろう。

一人は大きな弓を持ち、もう一人は長槍を持っている。

そうなると身の回りの食事やら洗濯などの世話をする者が見当たらない。

「自分の世話くらい自分でできま……あっ！　……ごほんっ……えーと、我が家のメイドは皆、有休消化中でして……」

　メルサが話の途中で不自然に言葉を濁(にご)す。

　何でもできるが何でもできては貴族として当たり前ではないことに既でのところで気づいたのだ。

　実際、使用人達はスチュワート家特有の有休制度に慣れておらず、休暇(きゅうか)を溜(た)めに溜めていたため、このままでは消化できなくなるからとまとめて休みを取ってもらったのが仇(あだ)となった。

　もし使用人が有休消化中でなければ保護者の定義が違うと気づいて教えてくれる者がいたかもしれない。

　だが、最後の砦達(とりでたち)は機能せず、勘違(かんちが)いしたまま本日に至ってしまった。

「ゆうきゅ……?　しょ?」

　聞き慣れない単語に狩人の教師が首を傾げる。

「あ、あの先生?　メイドは私達の連れてきた者に手伝わせますから」

「そ、そうなのです!　私や、キャサリン様、ケイトリン様の護衛は魔物なんて相手にしたことがないので、えーと、代わりにスチュワート家の腕利(うでき)きの狩人さんには私達の護衛も気にかけてもらうというお約束をしておりますの」

　教師から突っ込まれれば突っ込まれるほどに墓穴(ぼけつ)を掘(ほ)りそうなスチュワート家をマリオンとフランチェスカがフォローする。

　エマと半年以上も同じ授業を受けていれば自然と身に付いてしまう悲しい能力だった。

「シモンズ領では絶対魔物なんて見れないものね?　ケイトリン」

「シモンズ領では絶対魔物なんて見れないわ、キャサリン」

双子は早く魔物を見たいわねと頷き合っている。

「えぇ！　もごぉ……（ヒソ）レオナルド様、俺らも魔物なんて見たことないんですけど……」

弓と長槍を持っていた二人が令嬢のフォローを聞いて声を上げたところをレオナルドに口を塞がれて、声を落として訴える。

彼らはレオナルドが王都でパレスの狩人にとスラム街でスカウトしていた荒くれ者だった。パレスに送る前に魔物を前にしてどれだけ動けるかを見てみようと連れて来たのだ。

「（ヒソ）ちょ、今、なんとか収まりそうなんだから黙ってて。私とアーバンとゲオルグの側に居ればまず死なせはしないから……多分」

「（ヒソ）多分って！」

「（ヒソ）そこは百パーセント大丈夫って言ってくださいよぉ！」

「まあ、最終的には魔物の種類によるかな。ドラゴンとか出たら諦めろ。飛ぶ系は結構アレだから……」

「と、父様！」

ウィリアムが荒くれ者達とコソコソ喋っているレオナルドの脇腹を突く。

魔物学と狩人の実技の教師二人が、こちらをじーっと疑いの目で見ている。

「だっ、大丈夫ですからー！　にひっ」

レオナルドは頬を引きつらせて無理やり笑顔を作った。

「「「そ、そうです。大丈夫ですっ！　にひひっ」」」

　合わせて家族全員が揃ってにひひっと胡散臭い笑みを教師に送り、全力で誤魔化そうと試みる……が、怪しさ満点である。

「っ……はぁー、仕方ないですね。もうすぐ国王陛下が到着される。今日から十日間、厳しい研修となることは覚悟してくれ。ここは身の安全を保証された王都ではなく、魔物が出現する辺境領であることを肝に銘じて行動するように。では、食事や寝床の準備にかかってくれ」

　絶対に何かを隠しているのは明確だが、これ以上、慣れない野宿の準備時間を削る訳にはいかないと教師は追及を諦めた。

　知らない方が良い事は世の中にはたくさんあるのだから。

「よーしアーバンにゲオルグ、テント立てるからオワタで作った支柱運ぶぞぉ」

　そんな教師の気持ちを知ってか知らずか、レオナルドはすっくと立ち上がり流れるように寝床の準備に取り掛かる。

　ん？　今、オワタって聞こえたような？

「あら、テント用に作ったエマシルク（ヴァイオレット混紡の防水仕様）、どっちの馬車に載せたかしら？」

　メルサはメルサで率先して馬車の荷ほどきを始める。

　ん？　エ……マシルク？　をテント用だ……と……？

「ふふふ、さっそく今日のために用意した特製飯盒でお米を炊かなきゃ。やっぱりキャンプといえばカレーよね。あ、ウィリアムー？　私、火を熾すから頃合いの枯れ枝拾って来てー？」

　エマは夕飯の支度をしようと、ウィリアムをパシる。

　火熾し⁉　令嬢が……火熾し⁉

　そう、知らない方が良い事は、世の中にはめちゃくちゃたくさんあるのだ。

　見てはいけない……と教師達は本気で目を逸らした。

◆
◆
◆

「不思議な香りだな……。エマちゃん何を作っているの？」

　遅れて到着した国王がエマとメルサが作っていたカレーの香りに興味を持ち、やって来た。

「あ、陛下！」

　他の生徒と違い、テントの設営から夕飯の用意まで自分達でこなしていたスチュワート家は国王の到着に気づかずにいた。

　エマと母親のメルサは、急いで臣下の礼をする。

「エマ、体調は大丈夫か？」

　国王の後ろに控えていたエドワード王子が、エマを見て心配そうに駆け寄る。

　ドッペルゲンガー港事件以降、会っていなかったので無理もない。

「殿下、その節はお見苦しい姿を見せて申し訳ございません。お陰様で、とっても元気になりました！　ほらっ」

エマは心から心配してくれている王子の様子に、長い間ズル休みしていただけなのがもう訳なく、すこぶる元気なのをアピールするために、左の袖を二の腕まで捲くって力こぶを作る。

「っつ！　む、無理はしないように」

エマの元気ですポーズに王子はあからさまに動揺し、目を逸らす。

簡単に折れてしまいそうなか細い腕と、透き通るような白い肌に心臓が暴れる。

……殿下、知っていますか？　二の腕の柔らかさって胸と同じらしいですよ？

思い出さなくていいのに、数年前アーサーが嬉々として教えてくれた情報が今になって頭の中でこだまする。

ニノウデハムネトオナジヤワラカサ……。

学園で男子の先輩から後輩へ、まことしやかに語り継がれる秘密の情報であった。

そんな王子の様子を見て勘違いしたエマは、たしかに毎日鍛えている殿下や陛下に比べたら大したことないだろうけど、結構硬いんだぞっと不満そうな顔をしている。

「んんん？　どれどれ私が確かめようか？」

国王が息子の様子を見て、悪ノリする。

かつて国王も学園に通った身、王子の頭の中が透けて見えるようだと笑いをかみ殺す。

「っだ、ダメです！」

二の腕に手を伸ばそうとした国王を王子が慌てて止める。

「え？　べつに良いのに……」

ワイルド系ガチムチイケオジに触ってもらえるならエマとしては本望である。

「ダメだ！　エマ。これ以上はダメだ。早く袖を下ろせ！」

王子は顔を真っ赤に染めて叫んで、面白がって負けじと伸ばしている国王の手を掴んで阻止する。

その王子の必死な形相にエマは、大事なことを失念していたことに気づく。

「はっ！　そうでした！　申し訳ございません殿下。つい、軽い気持ちで……」

膝枕は不敬罪になるから駄目だと、ヨシュアに言われたではないか。

多分、王子の様子を見るに、この世界では二の腕を見せるのも触らせるのもＮＧなのだ。

しかも相手は国王陛下……うっかり不敬罪で逮捕されてしまうところである。

せ、セーフだよね？　まだ、触らせる前だからギリセーフだよね？　と、エマは、更に後ろに控えている近衛騎士達の動きを警戒しながら、そそくさと袖を下ろす。

「いやぁ、アオハルだねぇ……」

国王は髭に手を当てジョリジョリしながら甘酸っぱい息子の様子にニヤニヤする。

「………陛下お戯れを。たとえ、陛下であろうともエマの二の腕に触れていたら、私も我慢できていたか分かりません」

娘を溺愛するスチュワート伯爵が国王の後ろからドスの利いた低い声で忠告する。

「わ！」

武人として名高い国王が、背後を取られたのに全く気配に気づけなかった。

しかも伯爵の手には魔物狩り用に愛用しているらしい、噂の特注巨大ハンマーが握られているではないか。

「あ、ごめんなさい」

王族は簡単に謝ってはならないが、伯爵の顔を見た国王は秒で謝った。

娘溺愛仲間として気持ちは痛いほど分かる。

「アーバン、落ち着きなさい！」

更には、スチュワート伯爵夫人の声に国王がハッとして声のした方を向くと、パレス領主代行が国王の頭を狙い矢を番え、大弓をキリキリ引いていた。

「王国はセクハラがまかり通る国だったとは……。うちの可愛い姪っ子には指一本触れさせませんよ？」

姪狂いとして有名なアーバン・スチュワートの目は本気だった。

まさに一触即発、少しでも動けば矢が国王の頭を貫くと、近衛騎士は微動だにせず固まっている。

そこへ、

「あっ、叔父様！」

ガチの不敬を働こうとしている叔父に、エマが空を指差して叫んだ。

「あれはっ！」

エマの声で空を見たアーバンは、即座に狙いを国王から空中へと変えて矢を放った、と同時に、

「「よしっ！」」

ウィリアムとゲオルグが、急に森へ向かって走り出す。

「え？　え？　何？　何？」

国王が今、私命狙われてなかった？　と、訊く隙も与えずスチュワート伯爵家は揃って目まぐるしく動き出す。

「あなた！　アーバン！」

「任せろ！」

「了解！」

レオナルドは馬車から一番大きな鍋を、アーバンは水を汲みに井戸へと走り、エマとメルサはいーち、にー、さーんと数を数えながら包丁とまな板を用意する。

「え？　エマ？」

「すみません、殿下。ちょっとそこ通ります！」

「わっ！」

レオナルドが用意した鍋に、アーバンが汲んで来た水を入れる。

「「さんじゅうご、さんじゅうろく……」」

「……な、なに？　急にどうし……」

「‼　遅いぞ！　ゲオルグ、ウィリアム！」

「「すみません！　木に引っ掛っていて手間取りました！」」

国王の戸惑う声をレオナルドが掻き消し、森から凄いスピードで帰って来る兄弟を見る。

「え？　え？　ええええぇぇぇーー!?」

国王がレオナルドの視線を追うと、ゲオルグは巨大な鳥の尾羽根(おばね)を掴んで引きずりながら物凄(ものすご)い速さで走ってこちらへと向かっており、ウィリアムは引きずられる鳥の上に乗って一心不乱に羽を毟(むし)っている。

「ちょっ、こわ……！」

「「よーんじゅしち、よーんじゅはち、よーんじゅきゅう」」

そして、ゲオルグが鍋の側まで辿(たど)り着くと家族が一斉(いっせい)に巨鳥(きょちょう)の羽を毟っていたウィリアムに加勢する。

「ごじゅーろく、ごじゅーしち」

「よし、全部毟れました！」

と、ウィリアムが手を上げる。

「みんな、退(ひ)きなさい！」

ゆらり、とメルサが包丁を手に取り、大きく振りかぶって……。

ダンッ!!

と、何の迷いもなく、一撃(いちげき)で巨鳥の首を落とす。

「ひっ！」

「うわぁ！」

「ギャッ！」

何事かと集まって来ていた課外授業に参加した生徒達が、あまりのショッキングな光景に悲鳴を上げる。

「諦めないで、間に合うわよ！」

「ろくじゅうしち、ろくじゅうはち、ろくじゅうきゅう」

凄惨な現場を受け止められない生徒達が目を逸らしている間に、メルサは慣れた手つきで、どんどん巨鳥を捌いてゆく。

「なな、じゅうっ！」

「はいっ！」

「はいっ！」

「はいっ！」

「はいっ！」

捌かれた先から巨鳥の肉は、一列に並んだエマ、ウィリアム、アーバン、ゲオルグ、レオナルドの手によってバケツリレーのごとく次々に一糸乱れぬ動きで鍋へと送られてゆく。

「はちじゅうさん、はちじゅうよん、はちじゅうご……」

「これで、最後だ！」

と最後の肉を鍋に入れると、エマがカレーと飯盒炊さん用に熾していた火の中から、レオナルドが火箸を使い、お風呂のお湯用に使おうと焼いていた石を取り出し、鍋へと入れる。

ジュワァーと焼石を入れた鍋からぐつぐつと蒸気が立ち昇った瞬間、家族がエマを見る。

「きゅうじゅうしち！」

エマのカウントの声に、うおおおおおおおおおおっと一家は歓喜の雄叫びを上げる。

「間に合いましたね！」

「ああ！」

「よかったぁ」

緊張が一気に解けたと言わんばかりに、一家はその場に座り込んでいる。

「いや、何が⁉」

ポカン、とガチで命を狙われていたことをすっかり忘れて、国王が全課外授業参加者を代表して突っ込む。

「陛下、これはロック鳥という魔物です」

頬に付いた返り血を拭きながら、メルサが国王の突っ込みに答える。

「なっ！　魔物だと⁉」

メルサの答えに国王も周りも驚きの声を上げるが、この大きさで魔物でない方がおかしい。

「はい。ロック鳥は非常に大型の鳥の魔物で、人間など簡単に攫って食べてしまうので危険度の高い種でもあります」

「危険度？」

いや、でも、いとも簡単に撃ち落としていたような……と、国王は首を傾げる。

「あのっ！　えっと、ロック鳥は攫った獲物を掴んだまま空高くまで飛んで、そこから食べごろのミンチになるまで繰り返し落としてから、捕食するという習性が確認されています」

メルサが説明を続けようと口を開くが、慌ててウィリアムが引き継ぐ。

人間をミンチにするとか伯爵夫人が口にして良い言葉ではないのである。

そもそも母様、魔物を高速で捌いた後だから取り繕うのが遅いかもしれないけど、とウィリアムは苦笑いで誤魔化す。

「なんと恐ろしい……そんな魔物がいるのか……」

「は、はい……。しかも獲物を狙うときはかなりの上空で旋回しているので、普通だったら、ロック鳥に気付くのは至難の業でして……」

国王の問いに、魔物学の教師が割って入る。

あの巨体が豆粒以下に見えるほどの高さから狙ってくるので、普通の人間が目視で見つけるのは不可能に近いはずなのに……信じられない気持ちで一番最初に見つけたエマを見る。

「先生、私、視力には自信があります」

うふふと、数分前までわき目も振らずそのロック鳥の羽を毟っていたとは思えない、ヒルダ仕込みのお淑やかな仕草でエマが笑う。

あれ？　もしかしたらさっきまで幻を見ていたのかもしれない、とその場にいた全員が思ったほど、完璧な笑顔だった。

「あ、あの。エマが数を数えていたのはどういった意味が？」

エドワード王子が、気になっていたのだが……と質問する。

あの緊迫した状況の中で、数を数える声は一定でそれが余計に恐怖に拍車をかけていた。

「殿下、とても良い質問です。ロック鳥は仕留めてから百二十秒以内に捌いて六十度以上のお湯に浸けないと駄目なのです」

笑顔だったエマが、スッと真剣な表情になって答える。

魔物は死んだ後も気が抜けない。

放っておくと爆発したり、毒霧となって霧散したり、死体から数秒で卵が孵ったりと処理が大変なものも多いと魔物学の授業で学んでいた王子はエマの答えに身構える。

「……いや、え？　ロック鳥は倒した後の処理は特にいらなかったはず……」

魔物学教師は不思議そうな顔をする。

「は？　何を言っているんですか、先生⁉」

ウィリアムが魔物学教師から出た言葉とは思えないと声を荒らげる。

「そうですよ。先生、ロック鳥は時間との勝負。俺でも知ってますよ？」

正気ですか？　とゲオルグが教師を見て首を振っている。

「……いや、そもそもロック鳥を倒した後なんて疲労困憊で普通は動けないものだろ⁉　何なんですか⁉　あの弓捌きは！　アーバン博士、貴方研究者ですよね？　何、矢一本であの巨大なロック鳥を射落としちゃってるんですか？」

あの高い位置で旋回するロック鳥に矢が届くなんて聞いたことがないぞ、と狩人の実技の教師が頭を抱える。

空飛ぶ魔物は飛び道具で倒すのが定石とはいえ、生徒達に真似しろとは到底言えない。

「ん？　だってほら、エマがあれ射落としてってキラキラした目で指を差してたら、頑張れるよね？」

何かおかしいことありましたか、と言うアーバンに、レオナルドも深く頷いている。

「くっ……一体どうなってんだ、スチュワート家は……!?」

「ま、まぁ……陛下や殿下がロック鳥に攫われる可能性もあったんだ。ここは良かった……と思うことにしよう」

ガクゥと膝をつく狩人の実技の教師の肩に魔物学の教師が手を置き、考えたら負けだと慰める。

普通は仕留めるだけで精一杯のロック鳥だが、多くの経験を積む辺境の領主一家ともなると我々が知ることのないその後の処理にまで徹底して拘る必要があるのだろう。

その、拘りに触れる機会を得たと思えば、二十年以上に亘って魔物学を研究してきたかいがあるというもの……。

「エマ・スチュワート、教えてくれ。スチュワート家が百二十秒に拘る訳を！」

これから魔物学教師として、遥かな高みに上っていける。

魔物学教師、ヴォルフガング・ガリアーノは清々しい気持ちすら感じ始めていた……のに、

「味が落ちるのです」

エマの答えは思っていた遥かな高みとは、何か違った。

「は？」

「ロック鳥は、百二十秒以内に捌いて六十度以上のお湯に浸けないと、ぐんと美味(おい)しくなくなってしまうのです！」

そう言って説明するエマに家族全員が真剣に頷いている。

「はぁぁああ！」

スチュワート家の魔物狩りで一番大事なのは、食べられるかどうかと美味しいかどうかなのだ。

◆
◆
◆

時を同じくして、王城。

国王が課外授業で王城を空けている間、王妃(おうひ)ビクトリアが王に代わり、政務に当たっている。

実のところ家臣達は、この時期を心持ちにしていたりする。

なぜなら王妃は国王の倍近い速さで政務をこなし、書く文字には誤字脱字(だつじ)も殆(ほとん)どなく、サボりもしない。

【要望書、申請書(しんせいしょ)、意見書他諸々(もろもろ)、早く王の許可が欲(ほ)しいのなら、社交シーズン後にするべし】

王城で働く先輩から後輩へ語り継がれている格言。

そんな大袈裟(おおげさ)な……と半信半疑で聞いていた後輩であろうとも一度王妃の働く姿を見れば、来年には先輩風を吹(ふ)かせて格言を語る側へと変貌(へんぼう)する。

これまで滞(とどこお)っていた山積みの書類が面白いように捌けて、きれいに片付く様は圧巻であった。

「王妃陛下、ただいま戻りました」

時短のためにこの時期だけ開放してある執務室の扉を、ノックして一人の青年が入って来る。

「あら、無事に着いたようね？　マクシミリアン」

その声に、王妃は高速で動いていた羽根ペンを止め、顔を上げる。

「陛下はもう辺境へ？」

そう言って肩を竦める青年は、王妃の生んだ息子第一王子マクシミリアン・ルイン・ロイヤルである。

「ええ、今回はエドワード殿下も一緒に行かれたわ」

「へえ……エドが？」

マクシミリアンはピクリと口の端を上げる。

「……あまり驚かないのね？」

王妃は息子の表情に違和感を覚える。

帝国に留学していたマクシミリアンが王国に帰って来るのはおよそ二年ぶりであった。

マクシミリアンが旅立った頃のエドワード王子ならば、課外授業に参加するなんて絶対に言わなかっただろう。

この二年でエドワード王子の考え方が随分と変わったことをマクシミリアンは知らないはずだ。

いつもなら、課外授業に参加することになるまでの心境の変化を聞きたがるかと思ったが、反応が薄いような……。

「え？　いえ、驚きましたよ。それよりも私が留学中に起きたクーデターの詳細を教えてもらえますか？　馬車が通る大通り沿いの建物の一部と、大学の研究棟が新しくなっていましたね？　被害の規模と、修復予算は……」

「あ、ええ。そうね、あなたが見たがると思って資料はこちらにまとめてありますよ」

ビクトリア王妃は、息子のために前もって用意していた資料を引き出しから取り出す。

「さすがは王妃陛下、私のことをよく分かっていらっしゃる。政務の邪魔にならないように私は部屋で読ませてもらいますね」

にこりと笑ってマクシミリアンは恭しく資料を受け取ってウインクする。

「え、ええ。もちろん、母親ですもの。夕食は一緒に食べましょう」

「はい。では、また夕食の席で」

退室したマクシミリアンの姿が開放した扉から見えなくなると、王妃は無意識に止めていた息を吐いた。

「……？」

いつもの笑顔、いつもの仕草、いつものよくできた息子だった。

あれは、いつもの息子だったのに、王妃の中で芽生えた違和感が消えることはなく、更にモヤモヤとした言いようのない不安がこみ上げてくるのであった。

◆　◆　◆

「ただいま帰りましたーって、あれ？　何かありました？」

課外授業のキャンプ地近くを流れる川へ、夕飯の食材にと魚を釣りに行っていたアーサー、マリオン、フランチェスカ、双子が戻ると何やらキャンプ地の様子がおかしい。

アーサーがエドワード王子に尋ねるが、

「何か……あったかと言えば……あった……ような？」

王子の答えは歯切れが悪い。

「あっ！　マリオン様達、どうでした？　お魚、いましたか？」

エマが釣りから戻ったマリオン達に駆け寄る。

「いや、頑張ってみたんだけど、さっぱり釣れなかったよ」

釣り竿を持ったマリオンが申し訳ないと肩を竦める。

「お魚カレーできなくて残念だわ、ケイトリン」

「お魚カレーできなくて残念ね、キャサリン」

双子も楽しみにしていたのにとしょんぼりしている。

「お役に立てなくて心苦しいですわ」

と、フランチェスカ。

令嬢達は火熾しするエマを見て、自分達も何かしたいと魚釣りを買って出てくれていたのだ。

「ふふふ、皆さん。そんな日もありますわ、でも大丈夫。今日はトリ肉のカレーができますから。とってもとっても美味しいお肉が手に入ったから楽しみにして下さいね？」

「まあ、鶏（とり）のお肉ですか？」

「ええ、トリのお肉です♪」

「楽しみね、ケイトリン」

「楽しみね、キャサリン」

楽しそうに笑うスチュワート家と令嬢達は、周りの生徒達が誰（だれ）も笑っていないことに気づいていなかった。

課外授業、初日。

いや、授業は翌日から始まるので前日。

もう、既（すで）にスチュワート家は異彩（いさい）を放っていた。

辺境で生まれ育った彼らにとっては、これが日常だった訳で特段おかしなことをした自覚がない。

それ故（ゆえ）に、明日からも目立たないように気を付けようなどと、見当違いなことを言いながら何事もなかったように食事の準備を続けていられるのだ。

「……俺には……できない」

生まれて初めて見る魔物（巨大）が、羽毛を毟られ、首を飛ばされ、捌かれる様を生で見ていた他の生徒達は、食欲どころか、魔物狩りへの自信すらすっかり消え失（う）せてしまっていた。

第八十七話　貴族婦女子の地獄（？）のクッキング。

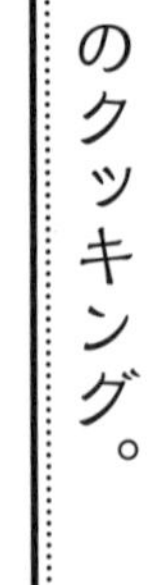

スカイト領、魔物が出現する森近くにある狩人の宿舎。

ガタンッ。

息を切らしてやって来た狩人の報告に、スカイト領の領主は思わず立ち上がる。

「それは……間違いないのだな？」

「はい。見た者は魔物の同定に定評のある者で……。間違いないかと。どう……しましょうか、領主？」

見張りからの緊急の報告を受けて、狩人達は愕然とした。

夕食にありつこうと食堂に集まっていた彼らは、一斉に領主の元へ走り出す。

これは一刻を争う事態であった。

「今、森の前にあるキャンプ地には、学園の課外授業の参加者がテントを張っております。国王陛下の馬車も到着しているころではないかと……」

「ご、護衛の騎士もいるとは聞いていますがっ！　騎士でははっ……」

「よりによって何故、今日なんだっ！　明日からの課外授業に備えて、今夜は自宅で過ごしている狩人が多い……人手がっ」

「落ち着け！　すぐに出発する。出られる者は全員呼び出せ、武器庫にあるありったけの盾を持ってこい！」

「「「は、はい！」」」

動揺する狩人達に領主が活を入れる。

近年、魔物の出現が増えているとはいっても森に入らなければ大丈夫だろうと油断していた。

万が一、スカイト領内で国王陛下に何かあっては大変なことになる。

一介の領主が取れる責任にも限界があるというのに、間が悪いことに今回は第二王子まで課外授業に参加すると聞いている。

「領主……陛下と殿下、大丈夫ですよね？」

狩人が不安そうにこちらを見るが、

「大丈夫でなければ、我々の首が飛ぶだけだ」

気休めなど言ってやれるような状況ではない。

スチュワート家が派閥争いに参戦してからは、第二王子派の数は着々と増えている。

王と第二王子が立て続けに魔物に襲われたとなれば陰謀論を唱える者も出てくるかもしれない。

スカイト領だけではなく、国が終わる。

「領主……陛下と殿下……まだ、生きていますかね？」

別の狩人が不安に押しつぶされそうにこちらを見る。

狩人の誰もが既に諦めていた。

「そう祈るしかないだろう。引率で魔物学と狩人の実技の教師もいるのだ。なんとか……くそっ！」

分かっている。教師二人の存在など、気休めでしかない。

なるべく早く現地に着くこと以外で、今我々にできることといったら神に祈るくらいだ。

こんなことになるならば、課外授業の受け入れを断るべきだった。

……いや、断ることができる状況であったなら、これほど困ってはいない。

ここ数年で明らかに魔物が増えた。

そのせいで領の財政は急激に悪化していた。

狩りに使う武器は消耗品。

命をかける狩人は安い賃金では雇えない。

狩った後も魔物によっては処理が必要になり、それ専用の業者もタダではない。

苦労して魔物を狩っても、換金できるのは状態の良いものだけで碌な稼ぎにもならない。

魔物の出現が増えれば増えるほど、狩人は疲弊し経費は嵩んでゆく。

そんな中、課外授業の話がきた。

課外授業を受け入れた領には、支度金が出る。

スカイト領で領民が冬を越すためには、それがどうしても必要だった。

「父様！　話は聞きました！　俺も行きます！」

「カイト！　何を馬鹿なことを!?」

課外授業のキャンプ地へと領主が馬に跨がったところで、息子のカイトが追い付いた。

「人手はあった方が良いはずです！　大丈夫です。俺もやれます！　スチュワート家の長男は俺よりも三つも下ですが、既に魔物狩りに行っていると言っておりました！」

「カイト、よく聞け。辺境の領地は場所ごとに魔物の種類が違う。あんな子供が狩りに出られると言うなら、そこでは大して危険な魔物が出現してないだけなのだ。お前がやれる保証にはならない」

「父様！」

一大事に役に立ちたいと思う息子の気持ちも分かる。

しかし領主の兄弟は皆、魔物狩りで命を落とした。

カイトは一人息子だ。

跡を継ぐ唯一の大事な息子。

「私に何かあった時、誰がこの領を守るのだ？　お前は、残れ！」

「嫌です！　父様が魔物に腕を食われて帰った日……あんな、あんな思い、二度とごめんです！」

カイトは父親である領主の制止を振り切り、課外授業のキャンプ地へと馬を走らせる。

「カイト！　頼む、待て、お前まで失う訳にはっ！」

「領主、このままではカイト様も……」

「追うぞっ！　あいつにはまだ無理だ！」

領主と狩人達は、キャンプ地へと向かったカイトを追いかける。

◆　◆　◆

一方、スカイト領、領主と狩人達の心配をよそに、彼らの目的地であるキャンプ地では夕食の準備が着々と進んでいた。

……でかい。

食事の用意をするメイド、警護する護衛、参加生徒に、国王と王子、近衛騎士達、皆が皆、揃ってチラチラとスチュワート家の張るテントを盗み見ている。

誰もが避けた魔物の出現する森に一番近い位置を、わざわざ選んで建てられたスチュワート家のテントはとにかく大きかった。

野営用とは思えない本格的なテントは、驚くべきことにその設営に一時間もかかっていない。

一片を馬車と連結し、細い支柱と布だけで、慣れた手つきでいとも簡単に組み立てていく様子に皆、目が離せなくなっている。

あの支柱だけで、テントが立つのか？　いや、折れるだろう？　あんな大きな布では重量を支えられるはずがない。

初めは心配そうに見ていた者も、サクサクと設営が進むにつれ驚愕の表情へと変わった。

そもそも、スチュワート家が護衛として連れて来ただろう槍と弓を持った二人の男達はぼーっとしているだけでテントの支柱すらも運んでいない。

テント設営をしているのは、スチュワート伯爵とその息子のゲオルグである。

王国の至宝の頭脳とまで謳われたアーバン・スチュワート博士は、せっせと水汲みの続きに精を出している。

おかしい、ちらっと見えたアレは猫脚のバスタブではないか？　テントにバスタブが？

更に、テントの手前で伯爵夫人&令嬢が仲良く調理している。

さっきから恐ろしいことに、鍋から嗅いだことのない刺激的な香りがしている。

「ふふふ、ヨシュアが課外授業参加できないからって外国の魔物除けの効果がある粉をたくさん持ってきてくれた時は、そんな迷信的なものはいらないって思ったけど……」

令嬢は鍋をかき混ぜながら笑っている。

色々な色の謎の粉が鍋へと入れられるが、一体何ができあがるのか想像もできない。

「……スチュワート家の夕飯、大丈夫だろうか？」

「普通、令嬢は料理なんてしないものだよな？　……なんだ、あの嗅いだことのないにおい。多分ヤバいぞ？」

「お、おい、誰か止めなくて良いのか？　さっきの魔物の肉、野菜と炒めて鍋の中で一緒に煮始めたぞ？」

「あっ、ちょっ！　エマ様があの物体Xを味見してるぞ!?」

ヨシュアが用意した外国の粉は、王国ではとても珍しく知っている者は少ないが、田中家にとっては馴染み深いものであった。

「魔除けの粉がまさかターメリックにクミンにコリアンダー、あとレッドペッパーにオレガノ、パプリカ等々各種諸々のスパイスだったなんて、さすがヨシュアはいい仕事をしてくれるわ」

カレー担当のエマは満面の笑みである。

メルサはメルサでもう一品、漬け込んだロック鳥の肉を焼き始める。

こちらはヨシュアのスパイスだけでなく別の食材が調味料として加えられていた。

「あのっ。メルサ様、助かりました」

フランチェスカがおずおずとメルサに礼を言う。

「母に体に良いから持っていけと言われたものの、一人で食べ切れそうにないと困っていたのです」

デラクール家の持つ領地の一つに酪農が盛んな領地があり、毎月のように乳製品が届いている。

「こちらこそ助かりました、デラクール嬢。まさか大物のロック鳥が狩れるとは思ってなかったので……調味料として使わせてもらったわ。お肉が柔らかくなるのよ」

ジュージューと香ばしい香りにメルサの口元に笑みが溢れる。

「お、おい。スチュワート伯爵夫人……魔物肉に魔物除けの粉を入れてなかったか？」

「入れるどころか……大量投入して漬け込んでたぞ？」

「しかもフランチェスカ嬢が持ってきたアレ……基本そのままで食べることしかしないアレを大量に……誰かとめてくれ！　貴族婦女子の地獄のクッキングを！　ヤバいもんが出来上がってしまう。せめて、せめて一人で良いからメイドを！　スチュワート家の保護者の中にどなたかメイドはいらっしゃいませんかぁー！」

周囲のざわめきは全てスチュワート家に向いていたが、本人達は目の前のテント設営や調理に集中していて気づかない。

戦々恐々と周りが見守る中、貴族婦女子の地獄のクッキングは完成し、貴族婦女子の地獄のディナーが始まる。

◆　◆　◆

「かっっ辛っ！」

エマの特製カレーを一口食べたウィリアムがあまりの辛さにヒーヒーと水を呷る。

「大丈夫かい？　ウィリアム」

アーバンが空になったウィリアムのコップに水を注ぐ。

「だから言ったでしょ？　こっちの甘口の鍋の方にしなって。子供舌なんだから」

「ウィリアム、こっちは食べてやるから甘口の方よそって来いよ」

「ううう、（前世は）激辛得意だったのに……」

エマが呆れたように注意し、ゲオルグがウィリアムの持っていたカレーを引き受ける。

悔しそうにウィリアムが甘口のカレー鍋へと向かう。

「あの……皆さんは辛さ、大丈夫ですか？」

スチュワート家のテントには、夕食を一緒にどうかと誘ったエマの友人の令嬢達とアーサーだけでなく、何故か国王陛下とエドワード王子までいた。

「エマちゃんの作ったカレー？　だっけ？　めちゃめちゃ美味しいよ！　これは何杯でも食べられるね。中の肉も野菜も柔らかく煮込まれてて……スプーンが止まらないよ」

王族ってそんなに簡単に専属のコック以外が作った料理を食べていいのだろうか？

毒見役とかもいないみたいだし……と、不安そうな一家の視線を一身に浴びる国王は勢いよくカレーをかっ込んでいる。

まあ、国王陛下がいいなら、いいのだけど……と、エマは国王のやんちゃな食べっぷりを満足そうに愛でることにする。

イケオジの餌付け姿は壊血病の治療院以来だけど、やはり何度見てもいい。

ごはんが進む。

……問題は。

「あの、殿下。お口に合いませんか？」

対照的にエドワード王子はスプーンを握り締めてカレーをじっと見ているだけで全然食べていない。

「い、いや。これをエマが作ったのだと思うと……胸がいっぱいで……」

まさか手料理が食べられるなんて……課外授業に参加して良かった、とエドワードは自身の幸運を受け入れるのに無駄に苦労していたのだ。

「毒なんて入れてませんから、安心して食べて下さいね？」

胸いっぱいの王子の気持ちは残念ながらエマには伝わらず、国王と違って王子は繊細なのねくらいにしか思っていない。

「あれ？　殿下？　召し上がらないのなら代わりに食べましょうか？」

食の進まないエドワードを見て、悪戯っぽく笑みを浮かべたアーサーがカレーに手を伸ばす。

「なっ！　何を言っているんだ、アーサー！　せっかくのエマの手料理……食べるに決まっているだろう！　はむっ！　……!?　辛っ！」

王子はアーサーに取られる前にと急いでカレーを頬張ったものの、予想以上に辛かった。

「あ、あの、殿下？　辛くない方もありますから無理なさらずに……」

こんなことで不敬罪なんて言われたら大変だとエマが慌てる。

「いやっ、エマ、違う！　大丈夫だ。想像より辛かっただけで……凄く美味しいよ。食べたことない味なのに不思議なくらいとても美味しい。辛いだけでなく複雑な幾重にも色々な？　味がする……？」

「ぶはっ！　殿下、それは褒めているのかどうなのか分かりづら過ぎます！」

しどろもどろの王子にアーサーが堪らずに噴き出す。

「褒めている！　褒めているに決まっているだろう！　す、少し辛いがそれがまた、あとを引く旨味がだな!?」

「殿下？　辛いのならあの、俺甘口の方を持ってきますよ？」

「大丈夫だ！　ゲオルグ、座れ。大丈夫だから！」

エマが辛い方を食べているのに、年上の男である自分が甘い方を食べるのはなんか嫌だと、甘口カレーを持って来ようと立ち上がるゲオルグを王子が止める。

「ぶはっ！　殿下が、面白いっ」

冷静沈着な冷たいイメージの王子は一体どこにいったのか、エマが関わる時だけ年相応な表情が見え隠れする。

幼馴染みとして、アーサーはそれが嬉しくて嬉しくて仕方がない。

青い血の冷血王子なんて噂している貴族達にも見せてやりたいものだと思いっきり笑う。

「うーむ……」

そんな息子の様子に、二杯目のカレーを頬張る国王は複雑な気持ちで唸る。

ほんとにエマちゃんお嫁に来てくれないかな……と言いたいが、あえて口には出さない。

なぜなら向かいに座るスチュワート伯爵が鬼の形相でエドワードを見ていた。

国王は、娘を持つ父親の気持ちが痛いほど分かるのである。

いや、伯爵だけではない。

伯爵の弟であるアーバン・スチュワート博士も、大分睨んでいる。

姪狂いという噂は本当のようだ。

「兄上、不敬ですよ。エマ様、殿下は辛くて美味しいと言いたいのです」

笑い転げるアーサーに、妹のマリオンが諌める。

「辛くて美味しいわよね、ケイトリン？」

「辛くて美味しいわよね、キャサリン」

「あの、甘口の方もとても美味しいです。それにこのお米？　という皇国の主食にとてもよく合いますね」

マリオンと双子は辛口、フランチェスカは甘口を選択していた。

令嬢達はカレーが気に入った様子で美味しそうに食べている。

辛さを調節すれば皆が美味しく食べられるカレーはやっぱりすごい。

「さあ、さあ、陛下。私の焼いたトリ肉も食べて下さいな。魔除けの粉……ではなくて香辛料とフランチェスカ嬢から頂いたヨーグルトでしっかり漬け込んでから焼いたので、こっちも美味しいですよ」

王子を睨むレオナルドとアーバンに止めなさいと小さく声をかけて、メルサが大皿に山のように積まれたトリ肉を国王に勧める。

「……う、うむ」

内心意図的に避けていたものの、勧められたからには食べない訳にはいかなくなった国王がメルサの作ったトリ肉料理に手を伸ばす。

ここにあるトリ肉は、鶏ではなく例のアーバンが仕留めた巨大な鳥の魔物の肉である。

カレーの方は濃い味の黄色いソースの中に、野菜に交じって一口大の大きさに切られていたので、なんとか食べようと思えたのだが……。

国王は勧められたトリ肉料理を掴んだものの、躊躇していた。

こっちは味を付けただけで、見た目がっつり魔物の肉塊なのだ。

先ほどスチュワート家による下処理の諸々を見てしまった分、食べるのに勇気がいる。

しかも今、夫人は誤魔化したが、しっかり魔物除けの粉って聞こえたし。

「温かいうちにどうぞ？」

「あ、ああ」

食べたことのない魔物の、見たことがない胡散臭い粉で味付けした肉料理が、国王を追いつめる。

ちなみにスチュワート一家は貴重な米がなくなる前に食べなくてはと、おかわりを見込んで先にカレーから食べ進めている。

トリ肉料理の方は誰も手を付けておらず、まだまだいっぱいある。

「よ、よし……スチュワート夫人。い、頂こう」

国王がトリ肉料理を食べた反応を見てから食べるか決めよう、とスチュワート家以外の者達は平静を装いながらも国王に注目していた。

一番身分の高い国王がいつの間にか毒見役にされている。

意を決して、国王が掴んでいたトリ肉を思い切って口へと運ぶ様を、皆が固唾を呑んで見守る。

だが国王がトリ肉にかぶりつく寸前に、切羽詰まった近衛騎士の声が飛び込んできた。

「へ、陛下！　陛下！　大変です！！！」

「どうした⁉　すぐ行く！」

その声に、やや不自然なほど素早く反応した国王はトリ肉を持ったまま立ち上がり、テントの外へと足早に向かう。

「何があったのだ⁉」

スチュワート家のテントの外には、国王を呼んだ騎士と、スカイト領領主とその息子、そして少なくない数の狩人がただならぬ雰囲気で整列していた。

これはかなり急を要する事態に違いないと、国王はトリ肉を掴んだまま状況報告しろと領主を見る。

「陛下、ご無事で何よりでございます！　早く、早く今すぐお逃げ下さい！　陛下。危険です、ここは危険なのです！」

スカイト領領主は国王の前に跪き、一刻の猶予もないと、息を切らし汗だくになって訴えた。

「落ち着け、どうしたと言うのだ？」

領主の肩を、国王はトリ肉を持っていない方の手でガッシリと掴み、落ち着かせる。

ただ危ないから逃げろ、ではどう逃げて良いか分からない。

急がなくてはならないのは理解できるが、焦りは禁物である。

「わ、我が領の見張りの狩人が、この辺りで魔物の出現を確認しました‼　それは魔物の中でもとても危険な種で……早く逃げねば、お命が危のうございます！」

一秒でも惜しいと、スカイト領領主は早口でまくし立てる。

あの魔物は目に見えた時にはもう、遅いのだ。

見張りの狩人があの魔物を見たと報告が来た時点で、このキャンプ地は地獄絵図のようになっていてもおかしくはなかった。

だが、幸いなことに着いてみれば、キャンプ地はまだ荒らされている形跡はなく、誰一人襲われてはいなかった。

スカイト領領主は奇跡としか思えない幸運に、思わず天を見上げた。

この幸運を無駄にするわけにはいかないと、必死の形相で国王に避難を訴える。

「魔物が出現したのか？　その慌てよう……危険なヤツなのか？」

領主の後ろでスカイト領の狩人達は、真っ青な顔で周囲を警戒している。

全力で馬を走らせて来たのか、スカイト領の狩人は皆、肩で息をして額には大粒の汗、後ろに控えている年若い領主の息子でさえも、覚悟を決めた男の顔をしていた。

彼らの姿だけで、命の保証さえ難しい緊急事態なのだとキャンプ地に緊張が走る。

「は、はい‼　鳥型の魔物で【ロック鳥】といいます！　目視も難しい遥か天空から滑空して、人を一瞬で空へと攫ってゆくのです！　はっ！　皆！　頭を低くして木陰に隠れるんだ！　なるべく空から狙われないように………？　どうした⁉　早く避難をっ！」

スカイト領領主が必死で危険だと叫ぶのに、なぜかキャンプ地にいた者達は困惑の表情を浮かべるだけで誰も逃げようとはしなかった。

王都の人間の危機管理能力は、これほどまでに低いのかと領主は怒りを通り越し情けなくなってくる。

「……ロック鳥？」

あろうことか国王までも、ポカンと腑抜けた顔で訊き返してくる始末。

「っ！　はい‼　【ロック鳥】です！　ヤツに捕らえられたが最後、遺体は回収が難しく、まともな姿で弔うことさえもできなくなるのです！　早く逃げてください！」

攫った人間を好みの柔らかさになるまで上空から繰り返し落としてから食べるロック鳥。

運良く遺体を回収できたとしても、粉々になった骨片か肉片くらいだろう。

一国の王をそんな姿にする訳にはいかないと、領主は必死で、本当に必死で叫ぶ。

それなのに目の前の国王は、一歩たりとも動くことなく首を傾げて固まっているのである。

「陛下ぁ！」

今無事なのが、奇跡なだけだ。

領主は、もう待てなかった。

力ずくで引っ張ってでも避難させねばならないと、後ろにいる狩人達に合図を送ろうと思ったその時、国王がまた口を開く。

「ロック…………鳥？」

国王は複雑な表情を浮かべ、ずっと掴んでいるトリ肉に視線を落とした。

そして、背後で何事かとテントから顔を出しているスチュワート家の面々へと振り向いて、尋ねる。

「……ロック……鳥？」

「「「「「ロック鳥！」」」」」

国王の問いに一家は揃って、大きく頷いた。

だよね？　と国王が目で問い、一家も一家で、そうだよ！　と再び大きく頷き返す。

一家から確証を得た国王はやや気まずそうな表情に変わり、正面に向き直る。

「あー……。スカイト男爵？　コレ、ロック鳥」

国王は、持っていたトリ肉を領主の目の前に出して、持ってない方の手で指差した。

「は？」

「コレ、ロック鳥」

「は？　ロック………鳥？」

「うん。コレ、ロック鳥」

「ロック鳥？」

「ロック鳥」

国王と領主が交互に【ロック鳥】を連呼し合うこと、数分……。

「えっ？？？　ロック……鳥？　え？　え？　え？」

国王が何を言いたいのか、領主は理解できなかった。

今、この状況で、国王は何で肉を持っているのか。

今、この状況で、国王は何でその肉を見せてくるのか。

今、この状況で、国王は何でその肉を指差しているのか。

領主は、意味が分からなかった。

「ふっ……ふふ……ふっぷはぁ！　ちょっ、待って、ひっ、も、もう駄目だぁ。はっ、ひっ、お腹痛い！　ふっふひ……あはっ、あはははははは！」

とうとう、噛み合わない二人の姿に笑い上戸のアーサーが、我慢できずに噴き出す。

「アーサー、笑うな。失礼だ」

「しっしかし、殿下。ひっこれはっっ！　ふっくっふはっ噛み合ってなさっ、なさ過ぎて……」

「兄上！　もうお黙りください！」

王子とマリオンが注意するが、こうなったらアーサーは止まらない。

アーサーだってギリギリまで我慢したのだ。

スカイト領の領主は真剣だし、国王も真剣で、二人共が真剣にロック鳥を連呼し合って……連呼し合ったら、もう無理だった。

王子に怒られても、妹に黙れと言われても国王と領主のロック鳥連呼がツボにハマって、もう無理だった。

はぁ、とため息を吐いてエドワード王子が領主の前に進み出る。

国王である父親は少々言葉が足りないところがある。

勢いで事を進めるタイプで、もともと細かいフォローは王妃と兄と自分の役目である。

「スカイト男爵。落ち着いて聞いてほしい。多分だが、その見張りの見たロック鳥は、アーバン・スチュワート博士が射落として、ゲオルグ・スチュワートとウィリアム・スチュワートが回収し、メルサ・スチュワートとエマ・スチュワートが調理した魔物のことではないかと思われる。で、陛下が持っているのが、その調理されたロック鳥だ」

王子は丁寧に、丁寧に、混乱しているスカイト領の領主が理解できるよう、順を追って説明する。

「は？　ロック鳥を射落とす？」

聞こえてきた言葉を復唱する領主。

「そうだ」

そんな領主の目をしっかりと見て王子は頷く。

「回収……して……ちょ、調理……？」

「ああ、そうだ」

言葉が中々頭に浸透していかない領主の呟きに、根気よく王子は頷いている。

いつしかその王子の頷きに合わせて、キャンプ地の面々も頷いていた。

いや、なんとなく、受け入れてたけど……やっぱりオカシイよな？　という気持ちを込めて。

「そ、そんな訳あるかぁーーーーーーーーー！」

ついに、王子の言葉を理解した領主は、理解した瞬間に、これまで生きてきた中でダントツ一番の突っ込みを入れる。

ロック鳥だぞ？　あの、ロック鳥だぞ？　にわかに信じられることではない。

「いや、昔はうちもロック鳥には手を焼いていたんですよ。しかし、弓の弦にヴァイオレッ……特殊な糸を使う事で飛距離がぐんっと良くなりましてね？　あ、こん……」

「よろしければ、ロートシルト商会に問い合わせて頂ければ適正価格で購入できるように取り計らいますよ！」

今度、こちらの領にもお譲りしましょうか？　と、言おうとするレオナルドを慌ててウィリアムが制し、引き継ぐ。

こういうのを父に任せてはならないのだ。

任せたら最後、いつの間にかスカイト領の狩りの経費を全てうちが工面するようになってしまう。

「え？　弦に糸？　糸だけで……ロック鳥？　え？」

ちょっと、何言ってるのか分からない。

領主はまたもや混乱する。

そこへ、

「まあ、まあ、せっかくの料理が冷めてしまいますから、ごはん食べましょう？　ロック鳥のお肉は、まだ、た――――っぷりありますから、良かったらスカイト領の皆様も召し上がりませんか？」

エマがトリ肉を山盛りに盛った皿を持って現れ、せっかく百二十秒以内に捌いて湯に浸けたロック鳥を美味しく調理したのに、冷めてしまいますわ、と領主に笑いかける。

「ロック………鳥を？　………食べる？」

混乱した領主は、更に混乱する。

「うふふ、ロック鳥って、とっても美味しいのですよ？　はい、あーん」

エマは山盛りのトリ肉をひとつ取って、混乱中の領主の口に入れた。

「へ？　あーん……‼　モグっ……‼」

「「「「！！！！！？」」」」

エマの突然の奇行に、誰もが言葉を失う。

突然口に肉を入れられた領主は、訳も分からず咀嚼するしかない。

そして、ごくんとのみ込むと、思わず声が出た。

「！　う、うまぁー……」

「「「「！！！！！？」」」」

領主の声に、再び皆が言葉を失う。

「これ、美味いのか⁉」

国王はまだ手に肉を持っていたが、意図せず毒見役を回避できたことに内心安堵していた。

「は、はい。鶏に似ていますが、非常に柔らかく、それでいて弾力があり、ジューシーなのです。この刺激的な味付けもまた、何とも言えぬほど癖になるというか……」

「ん？　領主？　どうした？」

国王に答えている最中にもかかわらず、領主のとろんと緩んだ視線の先はエマへと向いていた。

「あ！　またか⁉　またこのパターンなのか⁉」

いち早く気付いたゲオルグが頭を抱える。

「うわ！　スカイト領の領主。よく見たら隻腕の背中で語る系イケオジだ！　姉様があの緊迫した状況の中で、わざわざ絡みにいったのは領主がイケオジだったから⁉」

長年スカイト領を率いてきた逞しい中年男は、どっからどう見てもエマの大好物である。

なんてタイミングで、なんてところで反応してるんだ……枯れ専サー！

「スカイト領の領主様？　もう、大丈夫ですよ？　ここは安全です。お腹がいっぱいになれば気持ちも休まると思います。そうしたら、我がパレス領の魔物狩り用の武器をお見せしましょう。今日幾つか持ってきておりますから。辺境同士仲良く、助け合いましょうね？」

そう言って満面の笑みを浮かべたエマは、隻腕の背中で語る系イケオジの汗をそっとハンカチ（エマシルク）で拭った。

弱ったイケオジ、食事するイケオジ、寛ぐイケオジ、仕事の話をするイケオジ……最高ではないか。

「っっ！　……てん……し？　はっ！　これが本物の、聖女⁉……なのか？」

そんな下心溢れるエマの笑顔であろうとも、おじさんホイホイはしっかり正常に作動し、また一人、迷えるイケオジを虜にするのであった。

◆◆◆

「課外授業に行かなくて良かったんですか？」

カルロスはクレーム対応から戻って来たヨシュアに声をかける。

未だに綿はないのかとしつこくクレームを寄せる客が後を絶たず、疲れの色を見せる店員が多い中、責任者であるヨシュアは率先して対応の矢面に立ち続けていた。

店を任されているとはいえ、普通ならまだ十六歳にもなっていない少年に耐えられる状況ではない。

年相応に好きな女の子と遊びたいと我儘の一つでも言う方がよっぽど健全といえる。

「あーあ。今頃、愛しのエマ様はエドワード王子といちゃいちゃしてたりとかして……」

どうします？

と、カルロスは普通の少年ができるはずのない光速スピードで帳簿をつけ始めたヨシュアに軽口を叩く。

「ふっ……殿下がエマ様といちゃいちゃするのは不可能だ」

帳簿から目を離さないまま、ヨシュアは口の端をわずかに上げる。

「無理しなくていいんですよ？　若旦那。エドワード殿下がエマ様のことを好きだってもう、王国中が知っていますからね。テントは別とはいえ数日間一緒にいる訳ですから何か進展があったとしても……！」

進展が……のところでずっと帳簿にあったヨシュアの視線がカルロスへ向く。

ヨシュアが売り上げの計算をしている時に視線が逸れることは珍しく、カルロスは驚く。

「あ、いや、えっと。……きっと若旦那にも良い事ありますって……」

揶揄いすぎて本気で怒らせたかと少し不安になるカルロスを、ヨシュアは鼻で笑う。

「考えれば直ぐ分かるよ。エマ様といちゃいちゃなんて、レオナルド様が許すはずがないってね」

「？」

「課外授業の話が出た時点で、手は打ってある。メルサ様が参加されるお茶会で、前もってご婦人方には保護者同伴の話をするように上手く仕向けておいたからね」

「は？　え？　そんなことしてもメイドか護衛が付くだけなんでは？」

カルロスの指摘に、ヨシュアは首を横に振る。

「いや、スチュワート家は基本の考え方が悲しいまでに庶民寄り。保護者と言われれば親同伴の方が馴染みがあるんだ。メルサ様とレオナルド様がスキあらば課外授業に行きたいと思っていることは明白。僕はほんの少しお茶会の会話の内容を保護者同伴の方へ向かわせれば良い。そうすれば二人はきっと課外授業へ行くことになる」

「え……何ソレコワイ……。いや、でも、しかし、【娘溺愛】のレオナルド様だって常に監視なんてできないと思いますよ⁇　エドワード殿下は頭の切れるお方ですから小さなチャンスも見逃さないでしょうし」

声を掛けた時は課外授業に参加できなかったヨシュアを慰めるつもりだったはずなのに、カルロスは何故か王子の味方についていた。

だって、なんかコワイもん。

「……ああ、問題はそれなんだ。レオナルド様は結構ポンコツだし、メルサ様もしっかりしているようで抜けているから、万が一ということもある」

「いや、言い方っ！」

ロートシルト商会を支える超大得意様の一家になんて事を言うんだ、うちの若旦那は……。

「そこで、その穴を埋めるべく【姪狂い】を投入した」

「へ？　……え？　あ！　アーバン様⁉　計ったようなタイミングで王都へ来たと思ったら、え？　それも、もしかして……若旦那が仕組んだ？」

「人聞きが悪いことを言わないでほしい。僕はただ、スチュワート家婦人会の方々に少しだけ根回しただけです」

反対意見が出たとしても婦人会に逆らえる者は一族にいない。

アーバン様とて、このチャンスをものにできないような愚か者ではないだろう。

「ふ、婦人会⁉　若旦那……そこまでして王子の邪魔を……」

「勘違いしてもらっては困る。邪魔をするのはアーバン様であって僕ではない。【王国の至宝】とまで言われたアーバン様の頭脳を今使わずしていつ使うというのか。ふふ、ふふふ。殿下、簡単にエマ様といいちゃいちゃできると思っているなら大間違いですよ……」

「いや、コエェって！」

しゅんっと最近はヨシュアの御用達忍者になりつつあるスラムのヒューイが現れる。

「ヨシュアの旦那……そんな画策すんなら素直に課外授業に参加したほうが良かったんじゃね？　変に拗らせるのは良くないってハロルドの兄貴が言ってたぞ？」

恋物語の定番は真っ直ぐで正直な青年が最後にヒロインと結ばれるものである。

コソコソ裏でやってるやつってのは、悪役とか鞘当て役なんだぞ、とヒューイが心配を通り越してドン引きの表情で忠告する。

「何を馬鹿なことを！　ヒュー、その辺のヒロインごときとエマ様を一緒にするな。エマ様は特別なんだ」

「うん……特別っつーか……特殊っつーか……」

うーん……とヒューイは頭を悩ませる。

「それより、船は無事に港に着いたのか？」

ヨシュアが課外授業へ行かなかったのは、皇国へ向かわせた初めての貿易船が帰ってくる日と重なってしまったからだ。

今日、ヒューイには王国最大の港であるシモンズ領へ行ってもらっていた。

「ああ、無事だったよ。ちゃんと全ての荷は外から分からないように梱包されていたし、船に乗っている皇国人も気配を消した忍者の先輩方が上手く隠していたから、誰もロートシルト商会が皇国と貿易を始めたなんて気付いてないと思うぞ。商会の船は毎日港を出たり入ったりしてるし、そこまでしなくても誰も疑わないんじゃないかな？」

皇国との貿易はなるべく知られないように秘密裏に行う必要があった。

なぜならば、主な荷が魔石だから。

王国には魔法使いがいないため、今のところ魔石を買ったとしても無用の長物ではある。

だが、今後も皇国の復興をスチュワート家がサポートするにはそれなりの代価が必要であった。

スチュワート家は米さえあれば良いと言うが、そうもいかないのが外交である。

双方の立場を同等にするために、皇国側が世界的に貴重な魔石を提供すると申し出てきたのも理解できる。

だが、魔石を扱う上で問題となるのが帝国の存在である。

帝国の魔石への執着は年を追うごとに増しており、近年では弱小国相手に貿易とは名ばかりの略奪が横行していた。

あればあるだけ消費しかねない帝国に、魔石を奪われてはならない。

……といった、繊細で面倒そうなことに関わる能力もやる気もないスチュワート家は、皇国との貿易関係一切の管理をヨシュアに丸投げした。

魔石取引の値段も、輸入量も、王国の誰にその存在を知らせるかどうか等々、全てロートシルト商会が担うこととなったのである。

「エマ様が信用して僕に託してくれた任務をおざなりにできる訳がない」

「え？　……スチュワート家がロートシルト商会に……では？」

「だなー？」

カルロスとヒューイが揃って首を傾げた。

◆

◆

◆

その頃のスカイト領……。

「うまぁ!?　ロック鳥、めちゃめちゃうまぁ！」

夕食を食べそびれたスカイト領の狩人達が、恐る恐るロック鳥の肉に齧り付いては驚きの声を上げている。

「ふふふ、ヨーグルトに漬けると肉が柔らかくなるんですよ」

ガツガツと気持ちのいい狩人達の食べっぷりにメルサが嬉しそうに笑う。

「ちょっ！　エマ嬢？　も、もう、あ～んは、しなくても大丈夫だから……」

スカイト領の領主は口元に寄せられたロック鳥の肉と笑顔全開のエマにたじろいでいる。

……が、嫌そうではない。

「そんな、遠慮なさらずに。はい、あ～ん」

「っつ！（可愛いな……）あ、あ～ん　モグモグ……」

「まだまだ、たくさんありますからね？　タンドリーロック」

「タンドリーロック？」

「ええ、タンドリーチキンのロック鳥バージョンです」

うふふ、とエマはご機嫌でスカイト領領主をもてなしている。

その様子をなんとも複雑な面持ちでエドワード王子が眺めている。

そこへ、羨ましくて我慢できなくなったおっさんが三匹。

「エ、エマ！　パパにもあ～んしてっ！」

「エ、エマ！　おじちゃまにもあ～んしてっ！」

「エ、エマちゃん！　国王にもあ～……」

光に吸い寄せられる虫がごとく、ふらふらとおじさん達がエマのもとへと集まってゆく光景は見れたものではなかった。

「いちゃいちゃすなぁ――――！」

キャンプ地に、ウィリアムの突っ込みが響き渡る。

「ぶふぉっ！」

やっと笑いが収まったばかりのアーサーが、再び噴き出す。

ヨシュアの画策をもってしても、イケオジホイホイだけは防げないのだった。

◆　◆　◆

「……と、いうようにスカイト領で出現する魔物は精神攻撃をしてくるものが多いのが特徴だ」

翌日から本格的に課外授業が始まった。

王国内であっても出現する領地の位置によって魔物の種類が全く異なることを教師が説明する。

「先生、では昨夜のロック鳥も何か精神攻撃をするのですか？」

生徒の一人が手を挙げて質問する。

国王もいる手前、生徒達はいつもより真剣に教師の話に耳を傾けている。

「……いや、そもそもロック鳥はそんなに頻繁に出現する魔物ではない。あれに頻繁に出現されては、とっくに王国は滅んでいる」

教師はちらっと大人しく授業を受けるスチュワート家の面々を盗み見る。

そんな魔物を一発で討ち取り、素早く調理してペロッと平らげてしまった一家に教えることはあるのだろうかと教師は複雑な気持ちになる。

「そうなのよね。飛翔性の魔物って、出現率が低いのよね」

　エマが昨夜のトリ肉カレーとタンドリーロックの味を思い出しながら呟く。

「いや、姉様……なんでちょっと残念そうなんですか？　空を飛ぶ魔物が大量に現れたら追跡が困難になります。先生の仰る通り、簡単に国が滅びてしまいますよ」

　つらつらと思いつく限りの飛翔性の魔物のイラストを描きながら、頬を膨らませるエマの隣に座るウィリアムが窘める。

　姉の言い様ではもっと出現すれば良いのにと言っているように聞こえてしまう。

「だって……鳥系の魔物って……ほら」

「旨いんだよなぁ……」

　途中で、これを言ってしまえばまた母に令嬢らしく振る舞いなさいと怒られてしまうと言葉を濁したエマの後を何も考えないゲオルグが引き継いで呟く。

「ああ、たしかに。不思議と鳥系は肉の臭みが少ないやつが多いから食べ易いよね。そういえば、この辺でよく出る精神攻撃系の魔物は臭みが酷くてあんまり旨くなかったなぁ。小型の魔物が多いから食い出もないし……。たしか、ここらの魔物で見たら無性に麺類が食べたくなるヤツがいたような……」

　鳥系魔物は旨い、とエマとゲオルグの意見にレオナルドも同意する。

　領主としては飛翔性の魔物は出現されると困るが、食材としては大歓迎だったりする。

　更に魔物学教師の話にでた精神攻撃系の魔物の味は、いまいちだったなぁ……とレオナルドは何やら思い出している。

「え？　お父様は精神攻撃系の魔物を食べた事があるのですか？」

　精神攻撃系の魔物はパレスでは殆ど出現しないので、ウィリアムが不思議そうに首を傾げる。

「ん？　ああ。学生時代に長期休暇で帰省する時は馬車代が払えなくてバイトしながら帰っていたからね。辺境沿いの道を通る馬車に用心棒として乗せてもらえれば、襲ってくる魔物を倒すだけで食事付でパレスまで帰ることができたんだ。だけど当時は成長期だったから出される食事では足りなくて、夜中にこっそり抜け出して魔物を狩ってよく小腹を満たしたりもしたな」

　スカイト領もよく通って帰ったとレオナルドは懐かしそうに目を細めるが、貴族とは思えない貧乏かつワイルドな話に魔物学教師やスカイト領の狩人達は己の耳を疑う。

　今、夜中に魔物を狩りに行ってたとか言わなかった？　魔物は暗闇を好み、夜のほうが活発になる種が多いのに？　わざわざ夜に？

　そもそも精神攻撃系の魔物は人の恐怖心を煽り、増幅させてくるので夜中に遭うのは大人でもめちゃめちゃ怖いはずなんですけど……。

「さすが、お父様。スチュワート家超貧乏時代のサバイバー……。アーバン叔父様もお父様と一緒に帰ったのですか？」

　エマがメルサと領の書類に目を通しているアーバンに尋ねる。

　アーバンは、課外授業に参加するために、パレスから大量の書類仕事を持ってきていた。

「ん？　私は馬車代も関所代も奨学金に含まれていたから、普通に帰ってたよ。そして……今と同じさ。この大量の書類の処理を長期休暇中ずっとやってた……。メルサ様が家に来て下さってどれだけ、どれだけ助かった事か……」

アーバンは持っていた書類を置き、そっとウィリアムの肩に手をのせる。

近い未来、同じ目に遭うだろう甥っ子に。

「ひっ……」

「逃さないよ？　ウィリアム」

ウィリアムはビクッと肩を震わせたが、実のところ覚悟はできていた。

チラリと見えた書類には数字、数字、数字がいっぱい……こんなの兄、ゲオルグには絶対に任せられない。

アーバン叔父様がお父様には書類を見せていないのと理由は同じである。

◆◆◆

また、時を同じくして王城。

昨日、第一王子マクシミリアンが帰国し、久しぶりに会った息子に王妃は言いようのない違和感を覚えた。

どこが違うのか、何がおかしいのかは分からないのに、どこかが違い、何かがおかしいのだ。

人によれば、些細な感覚だと放っておく程度のものだったが、王妃にはそれができなかった。

王妃付きのメイド、マクシミリアンの乳母、さらには宰相に至るまで、それとなく訊いてみるも、皆首を横に振るばかりで賛同する者はいなかった。

国王が不在の今、張りつめた緊張が神経を刺激して、何でもない事にまで過敏に反応してしまうのだろうか。

それならばそれで、随分私は可愛い女であったのだなと思うだけで良かった。

だが、その後も息子と接する度に何かが違うと、心の奥がザワザワ落ち着かない。

王妃は知っている。

己はそれほど可愛げのある性格はしていないと。

そんな矢先、遠目に王城の庭園でローズとマクシミリアンが会話している姿が目に入った。

王妃の息子である第一王子マクシミリアンと第二王子エドワードの母である側妃のローズ。

ばったり出会せば挨拶の言葉を交わすこともあるだろう。

王城では珍しい光景ではない。

しかし、ビクトリアはその瞬間を見逃さなかった。

挨拶と社交辞令を終え、マクシミリアンが去る後ろ姿を見送った側妃が、軽く首を傾げたのだ。

ん？　おかしいわ、とでもいうように。

「急に呼び出してごめんなさいね、ローズさん」

王妃は自身の宮の書斎に側妃ローズを招いた。

人払いをしてあるので王妃自らお茶を淹れ、勧める。

側妃を己のプライベート空間である宮に招いたのはこれが初めてだった。

側妃ローズは、少々緊張した面持ちで勧められたお茶に口を付ける。

……私、何かマズいことしでかしたかしら？　と密かに心臓の鼓動が速くなる。

社交シーズンでさえ王妃と側妃は交互に陛下のパートナーとして参加するため、お互いに公私ともども顔を合わせること自体あまりない。

顔を合わせるのはローズがやらかした時くらいなのだが、今年はまだ失態を犯した覚えはない。

「ビクトリア様、私何か粗相いたしましたか？」

国の政は今や、ビクトリア王妃なくしては回らないとまで言わしめた才女を前に、ローズは既に謝る準備に入っていた。

絶対に怒られたくないけど、怒られたらすぐに謝る。

完膚無き迄に謝り尽くす。

身に覚えがなくても、取り敢えず謝る。

ビクトリア王妃に並ぶ才女、スチュワート夫人に怒られた時に使うというエマの処世術がローズの頭の中でぐるぐる回っている。

斯くなる上はエマちゃんに教えてもらった、臣下の礼よりもさらに最上級の謝罪姿勢、最終奥義【土下座】を出すときが来たのかもしれないわ、とローズは覚悟を決めた。

「実は、マクシミリアンのことなのです」

ローズの覚悟とは裏腹に、自身で淹れた紅茶の液面の揺らぎをじっと見つめていた王妃が、ぽつりと溢す。

「マクシミリアン殿下……ですか？」

「ええ、実は……」

王妃は、側妃ローズにずっと感じている違和感のことを話し始める。

こんなこと、誰も信じてくれないだろう。

こんな曖昧な相談、ローズだって困るだろうと、王妃も分かってはいたが一度口を開いたら、全て言い切るまで止まらなくなってしまった。

マクシミリアンは本当に手の掛からないよくできた息子だった。

彼におかしなところはないかと訊いてはみたが、宰相もメイドも乳母でさえも首を振った。

皆がどんなにおかしいところがないと言っても、信じられなかった。

どこがどう違うと言葉では表せないくせに、会うとやっぱりおかしいと思ってしまう。

息子にも失礼だし、どうすればいいのか分からない……。

王妃は溜め込んだ思いを一気に吐き出すと、冷めかけた紅茶を呷り、ふぅっと息を吐く。

意外にも、ローズは真剣に話を聞いてくれた。

宰相よりも、メイドよりも、乳母よりも。

口を挟まず、ただ、真剣に親身に聞いてくれたのである。

「……ビクトリア様。母親がおかしいと言うのならば、それはきっとおかしいのだと思います」

そして、息を吐いたビクトリアに宰相もメイドも乳母でさえも言ってくれなかった言葉をくれた。

「……ローズさん」

「あの、実は私も……」

一瞬だけ躊躇してからローズはビクトリアに自分も一つ引っかかる事があったのだと打ち明ける。

あの、中庭で第一王子と話した時のことだ。

「これは、もしかしたら関係ないのかもしれませんが、私もマクシミリアン殿下に一つ、違和感を覚えました」

ローズの言葉を、ビクトリアは息を深く吸って待った。

「私、マクシミリアン殿下に先程中庭でお会いしたのですが……あの、その時、殿下は一度も私の胸を見なかったのです」

「！！！なっ」

ローズの発言のあまりの衝撃に、ビクトリアは思わず立ち上がる。

「ローズさんの胸を……見なかった……ですって……？」

マクシミリアンはれっきとした成人男性である。

それが、あの側妃ローズと対面したにもかかわらず、胸を見ないなんてあり得るのだろうか？　うん……絶対に、あり得ない。

「あの、自意識過剰かもしれませんが……。大概の方は私と話す時は視線が胸にいくのです」

頬に手を当て、ローズが言いにくそうに顔を赤らめる。

正面にローズ・アリシア・ロイヤルの爆乳があって、見ない者がいるだろうか。

答えは否、皆無である。

「これは、うちの息子……相当おかしいわ……」

ビクトリアは確信した。

老若男女、誰もが見ずにはいられない。

それが、ローズの胸だ。

誰も本能には逆らえない。

小さな子供でも、教会の牧師様でも、三度結婚をした夫人でも、なんなら聖女だって目の前にローズの胸があれば見てしまうものである。

それでこそ、ローズの胸なのだ。

「ローズさん、ありがとう。直ぐに息子に監視を付けることにするわ。帝国に行く前、違和感はなかった……。すこし、探ってみなくては……」

ローズの助言を得たビクトリアは全ての不安を払拭し、確かな足取りで宮を出て、執務室へと向かった。

そんな様子をひとり書斎に残されたローズはポカンと見送った。

「……お役に立てて、光栄……です？」

第八十八話　第一王子マクシミリアン・ルイン・ロイヤルの絶望。

マクシミリアン・ルイン・ロイヤルを一言で説明するなら【良くできた男】だった。

母譲りの勤勉さと父譲りの剛健さを併せ持ち、誰もが期待せずにはいられない次期国王として、どこへ出しても恥ずかしくない王子だと褒めそやされて生きてきた。

……黒髪の弟が生まれるまでは。

王国で黒い瞳と黒髪は王族の血を引いた者だけに顕現する特別な色だ。

マクシミリアンの髪も室内であれば王族特有の黒髪に見えたが、屋外で太陽の光に透けると、黒と呼ぶにはやや赤みがかって見えた。

瞳の色合いに大差はなかったものの、どうしても髪色の方が目につきやすい。

これで、髪さえもう少し黒かったら……と、直接面と向かって言う者は少なかったが、臣下達が陰で惜しい、とため息を溢すのをマクシミリアン自身、知らないわけではない。

誰よりも艶やかな黒髪を持つエドワードが生まれてから、何をしても惜しいと言われ続け、それは妹のヤドヴィガが生まれても変わらなかった。

皮肉なことに、王家の血が混じる母ビクトリアの子であるマクシミリアンよりも、王家の血の混じらない側妃ローズの子供達の方がより王家の色を持って生まれてしまった。

弟と妹の髪色は父や叔父、幼い頃に亡くなった祖父よりも見事な漆黒であった。

多くの臣民が王族を見る機会が得られる式典は大抵屋外で行われ、第一王子マクシミリアンの隣にはいつも第二王子のエドワードが並ぶ。

髪が陽に透けて赤みが目立つマクシミリアンの隣で、エドワードの髪はどこまでも漆黒で、遠く離れている臣民の声がマクシミリアンには聞こえなくとも察することができた。

これで、髪さえもう少し黒かったら……という言葉が、いつまでも呪いのように付きまとうのだ。

しかしながら、髪が黒いだけで王になれるわけではないことは分かっている。

弟のエドワードだって、マクシミリアンを差し置いて国王になろうなんて思ってもいないだろう。

それも、分かっている……のに、マクシミリアンは些末な事を気にするような性分ではなかったはずだが、いつからか劣等感に苛まれるようになっていた。

黒髪はただの象徴であり、王位継承の条件には含まれない。

この言葉を胸にマクシミリアンは必死で第一王子として学ぶべきことを学び、鍛えるべき心身を鍛え、王国の未来のために精進してきた。

積極的に様々な国へ留学し、各国の政治を学ぶかたわら、王国の未来のために魔法使いと接触を図るべく暗躍もした。

そう、魔法使い。

王国は三十年以上の間、魔法使いに突然変異する者が現れていない。

そのため結界の揺らぎが頻繁に起こるようになってきていた。

更に酷くなれば揺らぎによって、魔物の侵入だけでなく天候にも悪影響を及ぼす可能性があり、農作物が主な収入源である王国にとって、それは死活問題となる。

外貨を稼ぐ術を失った国の末路は悲惨だ。

他国を長期的に支援するなんて余裕は、どこの国にもない。

国が大きければ大きいほど、魔物の出現する範囲も広くなり負担は増大するのだ。

今の王国は、数年前にスチュワート家が絹産業を爆発的に発展させ、外貨を稼ぐ術を得たお陰で、なんとか景気の良い状態を保っているに過ぎない。

スチュワート家は、辺境の地パレス領の領主である。

没落の激しい辺境の一領主に頼るだけの王国の現状は、危うい綱渡りをしているようなものだ。

数年以内に魔法使いに結界の修復をしてもらえなければ、王国の未来はない。

危機感に動かされるようにマクシミリアンは、どの国よりも魔法使いを保持する帝国へ何度も足を運んだ。

何度も、何度も、暇を見つけては留学と称して魔法使いに会う機会を探っていた。

そして、突然その機会はやって来た。

だが、待ち望んだそれはマクシミリアンの思いを踏み躙るようなものだった。

こんな事になるのなら、帝国に来るべきではなかったのだ。

やっと出会えた魔法使いが、深く被っていたフードを下ろした瞬間、その姿にマクシミリアンは驚愕した。

その魔法使いは女だった。

王国の王家の血が混じらなければ絶対に出ない黒に近い茶色の髪に漆黒の瞳の女だった。

「なっ！」

「マクシミリアン・ルイン・ロイヤル、お前は今日から私の支配下に入る」

髪と瞳の色に動揺したマクシミリアンの僅かな隙を突いて、魔法使いは魔法を発動した。

その日から、マクシミリアンの体はマクシミリアンのものではなくなった。

マクシミリアンではない誰かが、マクシミリアンのように食事をして、睡眠をとり、人と会い、マクシミリアンなら絶対に言わない命令を下すようになった。

それを、マクシミリアンは見て、聞くことしかできなくなった。

帝国のおぞましい計画を知っても、自由に声も出せず誰にも知らせることができない。

それでいて、そのおぞましい計画の主犯となるのはマクシミリアンなのである。

どんなに叫んでも、
どんなに喚いても、
どんなに泣いて、懇願して、縋っても、マクシミリアンの口から出るのは帝国が王国を侵略するための命令だけだった。

「船を用意しろ（やめてくれ）」

「船に大砲を積め（やめてくれ）」

「砲弾の雨を王都に降らせてやろう（やめてくれ）」

「決行の日は、王が不在の課外授業の時期がいいだろう（やめてくれ‼）」

自分が守るべき国を自分が壊してしまう。

誰か、止めてくれ。

この私を。

誰か……。

誰か……。

誰か……。


「何か、仰りましたか？　マクシミリアン殿下」

執務室で、書類に埋もれていた宰相が顔を上げる。

目の前には先日留学を終え、帝国から帰国したマクシミリアン第一王子が立っていた。

「ああ、明日、シモンズの港に帝国から十数隻の船が着く予定がある」

「帝国から船？　しかも十数隻もですか？　そんな連絡は受けておりませんが……」

宰相は書類の山から、シモンズ港への入港許可リストを引っ張り出し、確認する。

「ああ、すまない。留学中に仲良くなった帝国貴族達を招いていたのをすっかり忘れていてな。入港の手続きをしていなかったのだ」

第一王子は、朗らかな笑みを浮かべている。

なんとか融通しておいてくれと言う笑顔も、声の抑揚も、話し方も、どれをとっても第一王子マクシミリアンに違いない。

だが、宰相は己の顔が曇るのを必死で隠した。

王族である第一王子は、簡単にすまないなどとは言わない。

しかも、入港の手続きの融通を頼むのにわざわざ宰相である自分のところへ来るのもおかしい。

マクシミリアン殿下は王国の政治体系を全て把握している。

そんな彼が入港の手続きをしたいと思えば、さっさとその足で入港管理局へと直接出向くだろう。

やはり、本当なのか……。

「承りました。直ぐに手配致します」

どこから、どう見てもマクシミリアン殿下だが、彼はマクシミリアン殿下ではない。

宰相は気取られないように、第一王子の頼みに頷いた。

「ああ、頼む」

執務室を出るマクシミリアンの背中を見送った宰相は、やっとポーカーフェイスを解いて頭を抱えた。

「ビクトリア王妃の仰っていたことが正しかったのか……」

宰相は昨夜、誰もが寝静まった頃に王妃の命で極秘裏に招集がかけられた時のことを思い出す。

「マクシミリアンは何者かに操られている」

王妃は、かもしれない……ではなく、操られていると断定した。

集められた宰相の自分も、騎士団長や大臣達も俄には信じられなかった。

「何を仰っておるのですか？」

「マクシミリアン殿下は洗脳されていると？」

「洗脳であれば、我々が気づかない訳がないでしょう？　殿下は表情も自然でしたし、笑顔にも違和感はありませんでした」

薬や催眠による洗脳がなされていれば、どうあっても表情に違和感が現れる。

洗脳は昔から貴族の権力闘争に使われてきた古い手法で、それ故に見破る方法も広く知られている。

洗脳された者は表情が乏しくなり、感情の幅がなくなる。

と、思いきや何気ない言葉に敏感に反応して急に激昂し、暴力的になったりもする。

それらの兆候は、帰国したマクシミリアン殿下にはみられなかった。

「マクシミリアンが留学していたのは帝国です。帝国は魔法使いが最も多くいる国ですよ」

「もしや、魅了……魔法ですか？」

王妃の言葉に宰相が眉間に皺を寄せる。

魅了魔法の使える魔法使いなんて、大魔法使いと呼ばれたコニー・ムウ以降聞いたことがない。

魔法使いの能力はどんどん弱まっていっているのではなかったのか。

隠しているようだが帝国の魔法産業は、縮小傾向にあると宰相は勘付いていた。

特に、魔法を使って大量に栽培している綿は顕著で、十年前と比べ綿の値段は上がり品質は年々下がっている。

今年の帝国の持ってきた綿なんて相当酷かった。

「その可能性が高いでしょう」

「しかし、王妃。我々はマクシミリアン殿下が操られているとは思えません。根拠が母親の勘などでは弱過ぎますぞ」

それまで静かに聞いていた騎士団長が、王妃の勘違いではないかと発言する。

王族の意見に異論を唱えたら処罰されても文句は言えないが、騎士団長はマクシミリアンに幼い頃から剣術の稽古をつけており、よく知っている。

人を見る目には自信がある。

そうでなければ多くの騎士を束ねる団長なんて職が務まるわけがない。

そんな自分が何も思わなかったのだから、王妃の言う事を丸々信じるなんてできなかった。

「魅了魔法の使える魔法使いの仕業なんて可能性が低過ぎます」

宰相も騎士団長に加勢する。

だが、王妃は折れない。

「帝国は今、世界中から魔法使いを集めているとの情報があります。既に数十人もの魔法使いがいるとの噂も、皆さんなら耳に入っていると思います。魔法使いが多ければその分魔法の研究は捗ることでしょう」

「ですが、王妃。帝国がそこまでしますか？」

宰相も、騎士団長も、集められた大臣達も王妃の意見は現実的にあり得ないと思ってしまう。

マクシミリアン殿下を洗脳してまで帝国が得たいと望むようなものなど、王国にはないのだ。

王妃が何を言ったとしても、彼らを説得することは難しいだろう。

「王妃、もう少し様子をみ……」

「マクシミリアンは、ローズさんと対面して会話をしても、一切彼女の胸を見なかったそうよ」

ここで、しばらく経過観察してみましょうと話を締めくくろうとした宰相の言葉を遮り、王妃がとっておきの一言を繰り出した。

「「「え？」」」

その一言で、空気が変わる。

その場に集められた者全員が、そんなバカなっと驚く。

「ローズさんに直接確認したので間違いないわ」

「「「え？　えぇぇぇぇぇぇぇ」」」

更に王妃が放った一言で、全員が物凄い勢いで立ち上がる。

つまり、ローズ様は我々が胸を事あるごとにチラチラと見ていたことに気づいていたと？

男性陣はウロウロと目を泳がせ始める。

「バレていないなんて思っていたら、大間違いですよ」

「「「あぁぁぁぁぁぁぁぁ……」」」

王妃の非難めいた視線と、ため息交じりに言った衝撃の事実に、皆力なく椅子へと体を埋める。

ええ。絶対にバレていないと思っていましたとも。

というか、バレないように見ていたつもりだったんですよ。

無意識であっても視線は勝手に吸い寄せられていくのだから仕方が無い。

「……だったら、その話が本当なら……マクシミリアン殿下はおかしい」

ポツリ、と一人の大臣が呟く。

だって、側妃ローズの胸を見ない男はこの世に存在し得ないから。

「たしかに異常だ」

ああ、と騎士団長が深く頷く。

そんな人間は魅了魔法をかけられない限り存在できないと。

「直ぐに対策を立てましょう。私はこれから帝国から来た書面の見直しを進めます」

うむぅ、宰相は唸る。

確実な証拠が出てしまえば、対処するしかない。

あの帝国と敵対するなんて想像もしたくないが、これは現実なのだ。

こうして側妃ローズの胸を見ないマクシミリアンの存在が、帝国の想定よりも大分早く、王国に事態の重大さを気付かせたのである。

第八十九話　シモンズ港。

王国最大の港、シモンズ港。

皇国の交易船が着岸し、ロートシルト商会の人員も加わって荷卸が進められていく中、

「タスク皇子、ご無沙汰しております」

船から下りてきたタスク皇子にヨシュアが駆け寄る。

「久しぶり、ヨシュア。先程、皇国への支援の目録を見た。新たな食糧や、絹まで感謝する」

オワタを倒したからといって、皇国は万事解決とはならない。

農業を再開しようにも荒れた田畑では、すぐに作物を実らせることも難しい。

復興は長い目で見てゆかねば、瓦解する。

その辺りを辺境に領地を持つスチュワート家はよく分かっており、ロートシルト商会を介して今後も皇国への食糧支援を定期的に行うことを約束した。

このまま円滑に事が進んでいけば、将来的には王国と皇国がお互いに船を出して、国家間の交流を行うことも夢ではないだろう。

「いえ、こちらも金貨では買えない貴重なものを融通して頂くのですから」

お互いに理のある取引に礼はいらないと首を横に振り、ヨシュアはタスク皇子と並んで歩き出す。

皇国側からの荷の大半は魔石だった。

魔法使いの魔法を増幅し、貯めておくことのできる特別な石だが、近年どの国も鉱脈が枯渇しつつある。

皇国には、その貴重な魔石の鉱脈が数か所存在する上、採掘量も多い。

魔法使いだけでなく、魔石がなくては結界を維持することができない。

「皇国は、必ず恩は返す。特にスチュワート家には大恩があるから」

王国への献上品として持ってきた魔石の数よりも、ロートシルト商会へ流す魔石の数の方が遥かに多いことは秘密である。

そして、ロートシルト商会が皇国から定期的に輸入したい荷が、もう一つ。

「あと、猫缶も大量にありがとうございます。スチュワート家の猫達が喜びます」

ヨシュアは魔石よりも嬉しそうに笑顔で礼を言う。

猫が喜ぶイコールエマが喜ぶ、なのだ。

「あの、こ、これ……を。エマ様に渡したいのですが……」

会話が途切れたところで、タスク皇子の後ろに控えていた少年が虫かごを差し出してきた。

少年は、スチュワート家でメルサから洋食レシピを習っていたタロウズのタロウ・チヂワである。

エマとは虫好きという共通点があり、仲が良い。

王国では名前が聞き取りづらいので通称ミゲルと呼ばれている。

スチュワート家に滞在していたミゲル他四人の少年達は拙いながらも王国語を話せ、今回タスク皇子の補佐として同行していた。

「っ……ミゲル様も、お久しぶりです」

ぐぬぬ、と少年の持っている虫かごを見たヨシュアの顔が分かりやすく曇る。

普通に考えれば、令嬢のプレゼントに虫かご（中身はきっと虫）を渡すなんてありえない。

だが、悔しいがこれはエマ様が絶対喜ぶやつ……。

短い間とはいえ、エマ様と同棲（下宿）して【虫】という共通の話題で急速に仲良くなったミゲルにヨシュアは危機感を覚えた。

「これ、鈴虫。美しい羽音出す。皇国の虫」

「令嬢に虫、とは思ったが、ミゲルが育てた虫だ。是非、エマ嬢に渡してやりたい。直接……」

「……直接？」

ヨシュアが聞き返すと、タスク皇子の顔が心なしか赤く染まる。

「ああ、直接……だ」

「っ！　残念ですが、エマ様は学園の課外授業へ参加しておられまして、王都にはいないのです」

これはタスク皇子もミゲルも、絶対にエマ様に会わせてはならないと急いで答える。

いつだ……？

エマ様はいつ、タスク皇子を絆し遊ばされたのだ？

ミゲルだけじゃない、知らない間にタスク皇子の様子までおかしい。

「課外、授業？　そう……なのか？」

エマに会えないと聞いたタスク皇子が、ヨシュアの後方辺りの空間を睨む。

すると、王国に駐在していた忍者モモチとヒューがしゅんっという音と共に現れた。

二人共、姿は見せていなかったが護衛としてヨシュアについて来ていたのだ。

「そうだよ。エマ様は、スカイト領に泊まり込みで勉強しに行ってるよ。さすがにヨシュアの旦那も嘘は吐かないって」

「あ、コラ！　ヒュー坊、タスク皇子に無礼だぞ！」

ヒューがバッカじゃねーの、と呆れて答えるのをモモチが窘める。

忍者達は今もスチュワート家の一室を間借りして生活している。

本来の仕事である諜報活動をするために王国語の勉強に励むかたわら、気がついたら味噌やら醤油やらを造ったり、ヒューに忍術指南したりして過ごしていた。

「ああ……」

「残念です」

ヨシュアの嫌がらせでなく、本当にエマに会えないと聞いたタスク皇子とミゲルは分かりやすくテンションが下がっている。

スチュワート家が皇国に残したものは、彼らが帰ったあとも大いに役立っている。

種の落下によってボコボコになった地は、全て猫が耕し平らにしてくれていた。

住む家を失った民には、オワタの破片を再利用して簡単に家を建てられるようにノウハウを授けてくれた。

更には継続的な食糧支援に、缶詰の有効利用法、そして魔物食の導入に至るまで、全てが皇国の復興の柱となっている。

その全てが一人の少女のアイデアからもたらされたのだ。

十三歳。

たった十三歳の少女が国を救った。

皇国の次期皇后にこれほどふさわしい者はいないのではないか……。

「……タスク皇子？　何か不吉なこと考えてません？」

ぞわぞわと嫌な予感がしたヨシュアが釘を刺す。

こんなことならずっとパレスに閉じ込めてエマ様を誰にも見られないように隠しておきたいと思ってしまう。

思うだけだ。

そんなヨシュアの願望でエマ様と家族を離れ離れにするなんてできるはずがない。

この世で一番愚かな行為は、エマ様の笑顔を奪うことだ。

そもそもエマ様はどこにいても魅力的なのだ。

控えめに言っても天使な彼女に心奪われない男はいない。

要は、自分がそんな男達の中で一番いい男になればいいだけのことなのだ。

王子だろうが、皇子だろうが、虫友達だろうが、足元にも及ばないくらいの男にヨシュアがなればいいだけのこと。

「ふっ」

ヨシュアは己を鼓舞し、不敵に笑う。

「ふっ」

　タスク皇子も、好戦的に唇の端を上げる。

「ふっ」

　ミゲルもまた、笑う。

　一番不利な立場だが、虫友という確固たる地位は簡単に築けるものではないのだから。

「「「ふっ、ふふふふふ」」」

　三人は声を揃えて、笑い続けた。

「いや、怖ぇぇよ」

　異様な光景に、ヒューがやれやれと呟いた。

『タスク皇子！』

　そこへ不意に、しゅんっという音とともに新たな忍者が現れる。

『どうであった？』

　タスク皇子が笑っていた口元を引き締めて、忍者に問う。

『あの船、かなり物騒なものを積んでおりますぞ？』

　新たな忍者こと、ハットリ・ハンゾウは皇国の交易船の隣にずらりと並んでいる船を顎で示す。

　それは第一王子マクシミリアンの友人が乗っているという帝国からの船であった。

　港に着いてしばらく経つものの、誰も下船する様子がない。

『物騒なもの？』

皇国の交易船が港に着いた時、タスク皇子が身に着けていた魔力感知器が反応した。

魔法使いのいない王国で反応するのはおかしいと調べてみれば出どころは隣の船からであった。

皇国は魔物災害で魔法使いを失ったが、魔石が潤沢にあったお陰で魔石に魔法を貯めた魔法具は多く残されている。

皇国の皇族は代々護身用に魔力感知器を身に着けている。

魔力感知器とは、皇国が生んだ天才、ゲンナイ・ヒラガの発明品で魔法の痕跡を感知することができる魔法具である。

皇族を守る忍者と武士がどんなに優秀であっても、魔法への対処は難しい。

危険を事前に知るために、皇族はアクセサリーに扮したそれを常に身に着けて魔法の影響を受けぬように対策しているのだ。

タスク皇子が以前、王国に来たときにこれが反応することは一度もなかった。

『……大砲です。大砲だけでも一隻の船に六門。大量の砲弾も確認しました。しかも、砲口が全て王都へ向けられ、いつでも撃てる状態になっておりますぞ』

ハットリの表情は硬い。

大砲は対魔物用の兵器である。

魔物を倒すために結界沿いに設置されることはあっても、船に積むなんてありえない。

ましてや、あの船は王国ではない他国の船だった。

魔物が出現しない海を渡る船に、何のために大砲を積んだのか。

しかもまるで、王都を狙うかのような……。

『大砲が？』

飛距離を考えれば王都まで砲弾が届くとは考え難いが、停泊中の船が大砲を載せ、その砲口の先が王都へ向けられているなんてことは、外交経験浅い皇国人であっても異常と分かる。

「タスク皇子？　あの船に何か問題が？」

ハットリとタスク皇子の深刻そうな顔を見て、ヨシュアが会話に割って入る。

タスク皇子は王国の人間にも報せておくべきと判断し、ハットリを見る。

「……ロックル」

「ロックル？」

ハットリはサン＝クロス語で伝え、オウム返しするヨシュアに対し深く頷いた。

「なるほど……あれは帝国の船で、中には大砲が積まれているどころか、王都に向かっていつでも撃てる状態になっているのですね」

ヨシュアはハットリの【ロックル】の中に込められた意味を完璧に聞き取った。

「「「!?」」」

あまりにも完璧なヒヤリングに、伝えたハットリ自身も、側にいたタスク皇子とミゲルも驚く。

実際は、ロックルとしか言っていないのに、伝わっているのが謎過ぎる。

「ん？　ああ、サン＝クロス語って便利ですよね」

三人の顔を見て、ヨシュアが笑う。

『いや、信じちゃ駄目です。この人、バケモンですからね』

モモチが首を横に振る。

サン・クロス語が便利なのは間違いないが、ここまで通じるのはヨシュアが既にたくさんの事を調べ終えているからである。

ヨシュアはこれまでに得た情報と現状を踏まえた上で、ハットリとタスク皇子の表情を見て推察したのだ。

「ヨシュア。大砲の方向と射程距離を考えると、王都への道は危ない」

皇国一行は、持ってきた荷を王都のスチュワート家に運ぶ予定であった。

大砲の照準が王都に向いているとあっては、下手をすれば巻き込まれるかもしれない。

「いえ、もし帝国が本気で攻撃するつもりがあるなら狙いは王都……いや、王城でしょう。それが一番手っ取り早い。街道を砲弾で壊しては攻める際に支障がでますから。どこを攻撃するにしても王都への道は残すかと。あの大砲はここから王城を攻撃するつもりなのでしょう」

タスク皇子がハットリに、ヨシュアの考察を通訳し、意見を求める。

『しかし、そんな飛距離を飛ばす大砲なぞ、聞いた事がありませんぞ⁉』

ハットリはそんな大砲はないと首を横に振り、ヨシュアにロックル、と伝えた。

結界内の魔物を倒すための兵器である大砲に、そんな長距離を飛ばす必要はそもそもない。

もともと大砲は下手をすれば大事な結界を傷つける恐れもあるため、飛距離よりもどこまで正確に照準が合わせられるかが求められる武器だ。

「うーん、人工物では限界……となると、何か人ならざる者の力が使われる可能性が考えられますね。例えば魔物……例のオワタの種はここから王城まで優に飛ぶでしょうし。……あと考えられるとしたら……魔法？　ですかね？」

ヨシュアの一人言のような呟きに、タスク皇子はハッと自身の右耳のピアスに触れた。

帝国の船をハットリに調べさせたのは、皇族が常に身に着けている魔力感知器であるこのピアスが反応したからであった。

「あの、船。魔力ある。魔法の痕跡確認した」

ヨシュアの呟きに、ミゲルも驚く。

「へぇ、あの船に魔法の痕跡ですか？　ふふふ。それは朗報ですね」

普通なら途方に暮れてもおかしくない不吉な情報を聞き、ヨシュアはなぜか悪い顔で笑った。

魔法は便利なだけではない、とても危険なものなのだ。

王国が、帝国によって攻撃されようとしている時に、どうして彼はこんなに嬉しそうなのか。タスク皇子も、ミゲルも、ハットリも、モモチも理解できなかった。

「魔法の痕跡がある……と、いうことはあの船に少なくとも一人、魔法使いがいるかもしれない」

世界的に魔石が枯渇している今、他国を攻めるために魔石を大量に消費するとは考え難い。

攻める目的があるならば、それはきっと魔石を手に入れるためだろう。

となれば、大砲の飛距離を伸ばすために魔石はおそらく使われない。

魔石は消耗部品、使うとなくなるのだ。

砲弾の飛距離を何十キロと伸ばすには、相応の魔石が必要になるだろう。

だが帝国にとってそれを用意できるほど、魔石は手軽な品ではないことをヨシュアは知っている。

貴重な魔石を使うよりも、魔法使いを連れて来る方がリスクもコストも低い。

つまり、あの船には魔法使いがいるのだ。

王国の地に、誰もが待ちに待った、望みに望んで、渇望した、魔法使いが。

「ピンチとチャンスは表裏一体ってことかな？」

王国に張り巡らされた結界は、このままでは崩壊する。

結界なくしてこの世界では、人は生きられない。

そう、これは王国にとってピンチであり、チャンスなのだ。

ヨシュアは商人の心得として、いついかなる時も契約書作成用の紙とペンは持ち歩いているが、紙ではなく、わざわざポケットからエマシルク製のハンカチを取り出すと、羽根ペンを走らせる。

「ヒュー、すぐに王城にいる側妃のローズ様にこれを届けてくれるかい？　ああ、ついでにスチュワート家にあるローズ様のために仕立てたドレスも一緒に持って行って。エマシルクのドレスとハンカチを見れば、ローズ様はきっとビクトリア王妃に今起きている事態を伝えてくれるはずだから」

正規の手続きを踏んで王城に伝えるとなると時間がかかり過ぎる上に、伝達の過程でくだらないと握りつぶされる恐れもある。

ヒューが側妃にコンタクトを取るのが一番速く情報が届くとヨシュアは判断した。

ローズ様はきっと、エマシルクのドレスを持ったヒューの言葉を信じてくれる。

エマ様が大好きなあの方ならきっと。

今でしょ！

ならば、王国の結界強化に魔法使いの確保、いつやるの？

魔石はある。

◆　◆　◆

ところ変わってスカイト領、結界の森前の課外授業のキャンプ地。

スチュワート家の朝は、どこにいても早い。

「にゃあ！」

森の方から猫の鳴き声がして、エマが振り向く。

「あっ！　コーメイさんお帰りー♪」

「うにゃあ♪」

トットットっと小走りで猫はエマにすり寄る。

「ふふふ、いっぱい狩（か）れた？」

「にゃーん！」

ゴロゴロと喉（のど）を鳴らし、コーメイは満足そうに鳴く。

「シー‼　ちょっとコーメイさん！　鳴き声抑えて。みんなにバレちゃいますよ！」

コーメイに遅れて森から出てきたウィリアムが慌てて注意する。

早朝、課外授業に参加している生徒達はまだ夢の中だろうが、こんなところで猫の鳴き声が聞こえるのは不自然極まりない。

「んー？　猫じゃなくて魔物の声ってことにしたら誤魔化せるんじゃね？」

コーメイとウィリアムに続いて、ビッと魔物の血がついたカタナを振って鞘に納めつつゲオルグも森から出てきた。

「にゃう！」

「兄様、コーメイさんがあんなんと一緒にすんなーって言ってるよ」

「えっ？　ごめんコーメイさん」

一声鳴いてツーンとそっぽを向くコーメイにゲオルグが謝り、怒らないでと耳の後ろを掻いて機嫌を取る。

「うにゃ！」

「兄様、もっと右だって」

「え？　ああ、ハイハイ……」

「にゃっ！」

「兄様、ハイは一回だって」

「悪かったって！」

「ゲオルグ、声を抑えなさい。本当に皆を起こしてしまいますよ？　ただでさえ慣れない寝床で貴族の生徒さんは眠りが浅いのですから」

カチャ……と、馬車の扉を開けてメルサが顔を出す。

「あら？　レオナルドとアーバンの姿が見えませんが？」

スッ……とメルサの表情が冷たくなる。

「あ、あの？　母様？　実はちょっと狩り過ぎてしまって……」

「ちょっと？」

「パレスよりも結界に接した範囲は狭いはずなんですけど、ここの森、結構群れで動く奴が多くて……」

はぁ……っとメルサは、こめかみを解しながら呆れたようにため息を溢す。

「見つかる前に、運ばないといけないようですね……」

魔物は狩った後も色々と処理が必要になるため、置きっぱなしにはできない。

キャンプ地の中で一番森側にテントを設営した一家は、こっそり魔物狩りに出ていた。

一家のテントの奥は森なので、スカイト領の狩人の見回りの時さえ気をつければ、皆が眠っている早朝、誰にも気付かれずに狩りに行くことができたのだ。

「目の前に魔物の出現する森があるのに、狩らない手はないよね？」

課外授業初日の朝、レオナルドが目を輝かせて愛用のハンマーを握ると、

「「ですね！」」

ゲオルグは新しく皇国で手に入れたカタナを、アーバンは弓を手にして同意した。

これが課外授業に参加した目的と言っても過言ではない。

魔物は絶滅危惧種でも野生動物でもなく、魔物である。

本来ならば、他領の魔物を勝手に狩ったとしても咎められることはない。

だが、辺境領や狩人の間の縄張り意識やらがぶつかって少々面倒事になることもある。

この面倒事を避けたいメルサと狩りに行きたいスチュワート家の男達との折衷案として、こっそり、バレないように狩りをする、に落ち着いたのだ。

しかし、想定したよりもスカイト領の森の魔物が多かったため、調子に乗った男共が魔物を大量に狩ってしまった。

狩った魔物をそのまま置いておくと、スカイト領の狩人に見つかった場合に言い訳できないし、死骸でも放置すると危険な魔物、加工すれば素材になる魔物、美味しい魔物……。

狩りよりも、それらをバレないように処理する方が大変であった。

肉は美味しくいただくとしても、毛皮や骨の加工まではここではできないため、キャンプ地に馬車を呼びスチュワート家へと持って帰ってもらわねばならなかった。

しかし、何も考えずに大量に魔物を狩られては馬車も一台、二台では追いつかず、スカイト領の領主や狩人達からの視線が、痛い。

「コーメイさんがついて来てくれたから、ウィリアムも狩りデビューできたのは良かったけど……。

その分魔物の数もいっぱい……」

やんちゃなかんちゃんよりはマシだが、コーメイも昼間は馬車に隠れてもらっているので、森ではかなりの量の魔物を狩ってストレス発散していた。

「まあ……僕ができるのは罠を仕掛けるくらいで戦闘は全然でしたけどね」

なかなか兄様のような動きは無理です、とウィリアムが肩を竦める。

「にゃっ！」

エマの保護者は自分だと譲らなかったコーメイは課外授業について来ていた。

他の三匹も行きたいと訴えたが、さすがに巨猫四匹を隠すのは難しい。

しかし、どんな説得もコーメイだけは譲らなかった。

「にゃにゃにゃにゃ！」

コーメイは課外授業に関しての書類を持って来て、前脚で最後に書かれた一行を指してプレゼンを始めた。

「えっと……。狩り用に訓練された猟犬をお持ちの家は一頭までなら連れてきても良い？」

「猟犬？」

「にゃんにゃ！」

「猟猫だって」

得意げなコーメイに、いつも通りエマが通訳する。

「「なるほど」」

猫が文字を読んで理解しているのを、一家はすんなりと受け入れた。

メイド達が休暇中で突っ込みが不在のまま、コーメイの参加が決まったのであった。

「ほら、あなた達。ちゃっちゃと魔物の下処理の準備をしなさい。効率よくしないと朝食までに終わりませんよ？」

仕方ない、とメルサは腕まくりをして子供達に指示する。

きっとすぐに夫と義弟が大量に魔物を持って帰って来る。

◆　◆　◆

朝食を終えたスカイト領の狩人達は、課外授業に参加した生徒達の様子に、やはりこうなるか……と、顔には出さないように努めながら、内心呆れていた。

わざわざ森の前にテントを張るのは、野営の過酷さを身を以て体験してもらうためだ。

しかし生徒達は皆、貴族である。

ここが結界の境を有する辺境だとしてもそれは変わらない。

テントは持ち運び重視とは程遠い豪華な作り。

食事はある一家を除けば、各家の使用人が少し離れたところにある宿から毎食配達し、服やら風呂やら何から何まで世話をしてもらう。

これではただの旅行と変わりない。

生徒一人に保護者二人までという決まりも、こんなに馬車の行き来が頻繁ではあってないようなものである。

「領主、また馬車が来ましたよ。この辺りは森を挟んでいますが結界の境が近いのに」

狩人がガラガラと音を立ててやってくる数台の馬車に眉を顰める。

いつ魔物が出現してもおかしくない森を前にして、緊張感も危機感も無いに等しい。

「魔物は人間だけでなく家畜等の獣も襲うことはよく知られています。馬車だけでもなんとかやめてほしいところなんですが……」

馬車を引くのは、普通の馬。

狩人達が狩場で乗る特殊な訓練をした馬とは違う。

突然出現した魔物に驚いて、乗っている人を振り落としたり、蹴り飛ばしたりされては狩りどころではない。

「今年は例年よりも魔物が多い。これまでは見逃してきたが、今回のスカイト領での課外授業では馬車の行き来は控えてもらおう……と、思ってはいたのだが」

心配する狩人達の声に耳を傾けつつも、スカイト領領主はなんとも煮えきらない表情をしている。

なにせ、どこの生徒の馬車よりも、王国一魔物の出現するパレス領領主であるスチュワート家の馬車が一番頻繁に行き来しているのである。

魔物の扱いは彼らの方が長けている。

あのロック鳥を一矢でしとめてしまう一家に、なかなかクレームは言い辛かった。

と、いうかもう、この数日で突っ込み疲れた。

ロック鳥は美味しく調理するし、家族全員で授業は受けるし、国王とは異様に仲良しだし……。

むぅっと眉間に皺を寄せて領主は森を見る。

唯一の救いはロック鳥以降、不思議と魔物が出現していないこと。

人手不足で王城に騎士を派遣してくれと頼むほど多かった魔物がパタリと息を潜めている。

森の中を定期的に見回る狩人達も、ここまで魔物に遭遇しないのは久しぶりだと驚いていた。

森に巣でもあるのではと疑うくらいには魔物が増えていたのに、まるで誰かが根絶やしにしたかのように激減したのだ。

これが嵐の前の静けさとかでなければ良いが……。

「やあ、領主。一つ相談というか、頼みがあるのだが……」

狩人達と領主が森を警戒して睨んでいると、国王がにこやかにやって来た。

国の最高権力者からの相談、頼みは命令と同じである。

「陛下、ご相談とは？」

この国王の人となりをよく知らない者ならば、何なりとお申し付け下さいとでも答えるのだろうが、スカイト領領主は不敬と言われようとも慎重に訊き返す。

絶対に二つ返事で請け負ってはいけない相談というものが、この世の中には存在するのである。

そして、それを平気で言ってくるのが目の前の国王なのだ。

「今年の課外授業だが、少し予定を変更してはどうかと思ってな」

ニカッと少年のような無邪気(むじゃき)な笑顔を見せる国王。

ぶっちゃけ嫌な予感しかしない。

「予定を……変更ですか？」

少年のような無邪気な国王ほど臣下にとって怖(こわ)いものはない。

「ああ、せっかく辺境のスチュワート家も参加しているんだ。彼らにも協力してもらって我々も森に入ってみたりとかできないかな？　私も国王として実際にこの目で魔物を見てみたいのだ」

「は？」

狩場に素人(しろうと)がいることほど危険なことはない。

辺境で狩人の任務に就(つ)いた者ならば一番初めに教えられる教訓である。

森の中は遊び場でも、修練場でもなく、正真正銘(しょうめい)の狩場である。

「陛下。畏(おそ)れながら、そのご要望にはお応(こた)え出来かねます」

王の頼みでも、命令でも、従うわけにはいかない。

「だが領主、私はこの国の王であるにもかかわらず、一度も生きた魔物というものを見たことがない。危険だからと知ろうとしなければその分、無知故(ゆえ)に辺境への負担を強(し)いる事になるかもしれない」

現在、王にとって魔物対策とは王城へ集まる魔物に関する報告書や嘆願書(たんがんしょ)に目を通すことのみであり、実態を把握(はあく)しているとは言い難い。

先王や、その前の王、そのまた前の王のやり方に従っているに過ぎないのである。

これに異を唱えたのが、課外授業に同行した息子のエドワードであった。

バレリー領の局地的結界ハザードを経験した息子エドワードは、帰るやいなや大幅な見直しが必要だと訴えた。

日々、第二王子としての政務に追われるだけでも大変だろうに、加えて辺境の魔物対策への負担を改善しようと日夜勉強をしているのを王は知っていた。

そう。

一度、魔物と相見えただけで、エドワードの意見は一転したのだ。

冷たく冷え切っているようだった息子の瞳は、今や熱く燃え滾っていた。

兄である第一王子の姿勢をそのまま倣い、無難に政務を行っていただけのエドワードが、変わったのである。

第一王子のマクシミリアンの興味の矛先は外に向いており、先進的な国々へ留学を繰り返し学びを深めていた。

エドワードもバレリー領へ行くまでは、同じように帝国への留学を望んでいた。

それが今年は自ら魔物学の授業を選択し、課外授業にまで参加している。

息子の頑張っている姿を見れば見るほど、父である王も学ばなくてはならないという気持ちになった。

「陛下……」

だが、スカイト領領主からしてみれば王の言葉は、相談というより脅迫である。

王が何をしたいか分からないが、森で何かあった場合の責任は誰が取るのだ？

これ以上の辺境領への負担は国を破滅に追い込む愚策である。

辺境の領はどこも現在進行形で魔物対策にいっぱいいっぱいなのだから。

いや、パレスを除いて……か。

のほほんと呑気な顔で、こちらにやってくるパレス領領主のレオナルド・スチュワートの姿が目に入り、スカイト領領主はため息を吐く。

「ん？　どうかなさいましたか？」

国王とスカイト領領主の様子にレオナルドが何か問題でもありましたかと尋ねる。

レオナルドとしては、一家だけでは大量に狩った魔物肉を食べ切れそうになく、狩人達に食べてもらえたらと思って軽い気持ちで来てみたが、何やら不穏な空気が漂っていた。

「スチュワート伯爵！　良いところに！　課外授業の予定を少し変更して、森の中で狩りの実習をしてはどうかと提案していたところなのだよ」

渡りに船と国王がレオナルドを見る。

「森の中で狩りの実習……ですか？」

「ああ。聞くところによるとここ数日魔物は出現していないようだし、スカイト領の狩人に近衛騎士、魔物学と狩人の実技の教師、レオナルド伯爵にアーバン博士まで揃っているのだから危険は少ないだろう？」

こんな完璧な布陣はそうそうないからね、と国王は嬉々として説得にかかる。

だが、国王の要望を聞いたレオナルドは、顔を顰め反対する。

「陛下、森は（我々の）狩場です。（コーメイさんと毎朝狩りに出ているのがバレる）危険を冒してまで森に入るのは私としては気が進みません」

「……伯爵」

きっぱりと難色を示すレオナルドに、スカイト領領主がキラキラとした視線を向ける。

ちゃらちゃらして見えてもさすが辺境の領主だ、国王の圧に負けることなく意見するとは……。

「そうか、そんなに危険か……」

「陛下、諦めて下さい」

王国一結界に接した領土を持つパレス領主の言葉は重かったようで、国王は顎に手をやりしばし考える。

スカイト領の狩人達もスチュワート伯爵の勇気ある言葉に感銘を受けていた。

元が強面なのも相まって、真剣な顔で反対する様にも迫力がある。

言っていることはうちの領主と同じだけど、説得力が違う。

やはり、代々辺境を守る家に生まれた人は違う……あの国王が、伯爵の意見を聞いて考え込んでいる。

「伯爵がそこまで危険だと言うなら、仕方がないな。それにしてもそんな危険なことを担ってくれる一番負担の大きい家が、未だ伯爵位では……もっと爵位を上げて……四大公爵の上にもういっこ高い身分、作るか？」

国王も珍(めずら)しく説得され、諦めたように呟く……が。

「！　いや！　陛下！　いやー……よく考えたらそこまで（爵位が上がるほど）危険ではないですね！　生徒全員……は無理でも希望者数人なら……森に入っても大丈夫(だいじょうぶ)だと思います！　ね？」

「え⁉」

物凄(ものすご)い勢いでレオナルドは手の平を返し、スカイト領領主に同意を求める。

「私も、アーバンもゲオルグもいるなら何とかなりますよね？」

「え？　伯爵？」

「ええ、伯爵で充分(じゅうぶん)です」

「え？」

ガシっとスカイト領領主の肩に手を置き、レオナルドが頷いている。

目がやばい。

「い、いいのか、伯爵⁉　森の中に入っても？」

国王がレオナルドの言葉に嬉しそうに聞き返す。

「え？」

困惑(こんわく)するスカイト領領主。

「はい！　ですので、伯爵のままで大丈夫です！」

しっかりと念には念を入れて答えるレオナルド。

「え？」

困惑するスカイト領領主。

「よし、早速希望者を募ろう！」

ウキウキと生徒を集め始める国王。

「え？」

「「えええええ……!?」」

困惑の波状攻撃が止まらないスカイト領の領主と狩人達。

こうして国王は狩場である森へと足を踏み入れることになる。

これから届くであろう王妃からの緊急の書簡を、すぐに受け取ることができない危険地帯へ。

◆◆◆

正気か、この国王。

課外授業に参加した生徒達は思った。

授業内容を一部変更し、魔物の出現する森へ行こうなんて言い出したのだから。

もう一度言おう。

正気か、この国王。

魔物学と狩人の実技の教師達も思った。

マジか、この国王。

スチュワート伯爵、博士、学園の教師がいるからといって魔物の出現する森へ行こうなんて言い出したのだから。

いや、自分らは行くこと決定かよ。

もう一度、言おう。

マジか、この国王。

「…………」

「ん？　参加希望者はこれだけか？」

つまらなそうに国王が口を尖(とが)らせる。

「!?」

いや、むしろ誰だよ！　手を挙げた奴!?

こんな無茶振(ぶ)りに参加しようなんて酔狂(すいきょう)な自殺願望者がいたとは!?

生徒と教師が国王の言葉に驚き、周りを確認すると、そこには当たり前のように手を挙げるゲオルグ・スチュワートの姿があった。

ああ、まぁ、そうか。

とそこは一同、納得(なっとく)する……が。

ん？

なんと、そのゲオルグの隣で弟のウィリアム・スチュワートまで手を挙げていた。

いや、いやいやいや。

危ないから！　何でお子様が手を挙げてる……の？
ん？
んんん？
ちょっと待て、おいおいおいおいおいっ！
そのゲオルグの隣の、弟のウィリアムの隣で手を挙げているのは……エマ嬢⁉
ずっと体調を崩して命すら危ぶまれていたあの、儚げなエマ嬢がなぜ⁇
んんんん？
って、そのエマ嬢の奥にいる令嬢方も手を挙げている⁉
いや、いやいやいやいや……まあ、騎士団長の娘、マリオン嬢なら分かる。
百歩譲ってマリオン嬢ならな。
しかし、そのマリオン嬢の横でノリノリに手を挙げている双子、どうした⁉
遊びに行くのではないのだぞ？
そして、その双子の隣にいるフランチェスカ嬢！
そんなにガタガタ震えるくらい嫌なら手を挙げなければいいのに、何をやってるんだ⁉
「さすが国王様ね、ケイトリン。生きてる魔物見たかったの私」
「そうね、さすが国王様だわ、キャサリン。私も生きてる魔物見たかったのよ」
双子の領地、海に囲まれたシモンズ領では魔物を見ることは叶わない。
魔物肉でさえも殆ど流通しないので二人とも魔物に興味津々なのである。

「私は将来、騎士団に身を置こうと思っている。近年の騎士は魔物狩りの任務を負うことも多い。経験しておいて損はないだろう」

「マリオン様、私が近くでサポートしますわ。辺境出身ですので魔物知識には自信がありますから♪」

「え、え、え、エマ様達が行かれるのでしたらわ、私もいっ一緒に行きますわ」

将来のためにと言うマリオン。

辺境出身だからと笑うエマ。

皆が行くのならと涙目のフランチェスカ。

同じく手を挙げていても、理由は色々である。

「うんうん。今年の課外授業は女の子の参加者もいて華やかだ。しかも、こんなにも授業に積極的で……って、女子はさすがに許可できないよ⁉」

奔放な国王ではあるが、そこはしっかりと突っ込む。

学園の男子生徒なら狩人の実技の授業を受けており、最低限魔物から逃げる体力や、身を守る訓練も身に付けているが、基礎体力云々も含め令嬢達はそれがない。

「エマ、何を考えているんだ⁉　魔物がどんなに危険か分かっているだろう⁉」

参加の意を示す右手を挙げたままで、エドワード王子が血相を変えて反対する。

スライムの水鉄砲でできた傷は、エマの右頬にまだ痛々しいくらいに残っている。

「あー……マリオン？　出発前に、もう少し公爵令嬢としての自覚を持ってくれって話、したよ

ね？」

参加の意を示す右手を挙げたままでマリオンの兄アーサーは困ったような苦々しい表情である。

ベル家の屋敷の者も騎士団長である父も、これまで妹の好きにさせ過ぎたのだ。

本来なら結婚していてもいい年頃なのに、男の格好をして剣の稽古に励み、下手な男よりも何倍も格好良くなってしまい、なかなか婚約者が見つからないと、ここ最近ずっと皆が頭を抱えている。

「「「…………」」」

いや、二人とも手挙げてんのかーい！

殿下もアーサー様も行く気満々やないかーい！

と、他の生徒達は揃って同時に思ったが、下手に突っ込んだばかりに巻き込まれて、己も参加することになっては洒落にならないと静かに成り行きを見守る。

「殿下？　お言葉ですが魔物狩りに最も必要なのは【知識】です。私は知りたいのです。魔物を知って少しでも領地の役に立ちたい」

エドワード王子に反対されても諦めるエマではない。

魔物の出現する森に入れる機会なんて、辺境にいてもそんなに多くはないのだ。

たまたま、父、兄に加えてアーバン叔父様か一族の助っ人がいないことにはエマだって狩りの見学はさせてもらえない。

危険は分かっているが、その分具体的な対処法を知っている。

はっきり言わせてもらえば、王子よりも役に立つ自信がある。

「兄様！　私は守られるよりも守りたいのです！」

「そんな、愛されるより愛したいみたいなこと言って……。気持ちはわかるけどマリオン、これは遊びではないんだ」

しかし、エマの主張は騎士の家系であるベル家のいちいちロマンチックな兄妹の言い合いに殆ど掻き消されてしまった。

女性騎士を目指すマリオンをアーサーは快く思っていないようである。

騎士道が染み付いたアーサーにとって守るべき人の中には、しっかりと妹のマリオンがいるのだから、無理もない。

「遊びでないことくらい分かっております！　私は昨年、狩人の実技【初級】の試験を首席で合格し、今年は魔物学の授業も受けています。充分資格はあると思います！」

「うっ……。でも、ダメだ！　魔物に遭遇すれば何が起こるか予測できないだろう？」

その後もマリオンは食い下がるが、アーサーが首を縦に振ることはなく、結局女の子は魔物の出現する森へ行くことは許可されなかった。

「………困った」

「困りましたね……」

パレス領領主、レオナルドの呟きに隣にいたパレス領領主代行のアーバンも同意する。

どさくさで女の子達の参加がなくなってしまった。

背後に女の子がいれば、陛下にも彼女達を守らなければとの思いが生まれ、下手に魔物を攻撃したりしないだろうと踏んでいたのに。

好戦的な陛下（魔物狩り素人）を野放しはふつうに怖い。

何よりも一番の問題は……。

「エマが参加しないとなると……」

「こない……でしょうね？」

「こない、だろうなぁ……」

コーメイさん。

国王に脅されたとはいえ、レオナルドが魔物の出現する森へ入るのを承諾したのは、猫の存在が大きかった。

森の中なら隠れ易いし、人目につかないようにコーメイさんについてきてもらおうと思っていたのだ。

万が一の危険に備えて。

しかし、エマがキャンプ地に残らなくてはならないなら、コーメイも残るだろう。

コーメイの優先順位はエマが一番で、その他は割と適当なのである。

「それに、足りないんだよなぁ」

「足りないですね」

レオナルドとアーバンはため息を吐く。

魔物と遭遇した時、何よりも危険なことは魔物の知識のない者がいること。

アーサーの言う予測できない魔物の予測が得意なのは、群を抜いてエマである。

つまりは、かなりの戦力ダウンになる。

体力がなかろうとも、剣が使えなくても魔物知識の豊富なエマが一人いるだけで、ぐんっと負担が軽くなるのに……。

スカイト領の魔物はパレスにいない種が多く、知識に不安のあるゲオルグはまだ戦力としては半人前。

知識豊富なエマやウィリアムの補佐がないと、安心して目が離せない。

「エマだけは連れて行きたいって言い出せる雰囲気……じゃないよな、アーバン」

「ないですねぇ……」


魔物の出現する森への特別実習参加者。

国王（問題児）。

王子（スライムを切った前科者）。

スチュワート家男性陣（ゲオルグ知識に不安）。

アーサー（戦力を削いだ張本人）。

魔物学&狩人の実技の教師（頼りにしてるのに二人共不安そうな顔）。


「こういう時に、なんかヤバいもん出たりして……なーんてな」

「あまり怖いこと言わないで下さい」

ハハッと笑うレオナルドに、アーバンが眉間に皺を寄せる。

いつものことではあるが、フラグを立てるのはスチュワート家の専売特許である。

◆　◆　◆

「ヤドヴィガ、その子は誰？」

側妃ローズ・アリシア・ロイヤルが公務を終え自身の宮へ帰ると、ソファで寛ぐ娘の隣に、見知らぬ少年が座っていた。

「お母様、お帰りなさい！　彼はヒュー君です」

ヤドヴィガは母親の声に、読んでいた絵本を閉じて顔を上げる。

「ヒュー……君？」

……誰かしら？

王族の親戚筋にはヤドヴィガに近い年頃の子供はいなかったはずよね、とローズは訝しむ。

乳母の子供は女の子だったと記憶しているし、王城の職員の子供であってもローズの許可なくしてこの宮に入ることはできない。

誰……かしら、この子。

「うわぁ……！　すんげぇ美人っ」

見知らぬ少年はというと、首を傾げるローズを見て感嘆の声を漏らしている。

素直な子は嫌いじゃない。

が、少年の粗野な口調は王族の宮にふさわしいとは言えない。

「あなたはだあれ？」

見知らぬ少年にローズは柔らかく笑い、尋ねる。

こういう突拍子もないことを、平然とやってのける一家に心当たりがあった。

王国一厳重に警備されているこの宮に容易く侵入できる少年。

不可能を可能にし、不可能を不可能とも思っていない一家。

……少年が着ている紫の服。

ローズくらいになると、この距離でも分かる。

エマシルクだと。

「あっ！　そうそう忘れるところだった」

ポンっと額を打って、見知らぬ少年が膝をつき、頭を下げる。

臣下の礼である。

ローズは目を見開く。完璧な礼だった。

【マナーの鬼】ヒルダ・サリヴァン公爵であっても、文句のつけようのない、完璧な角度の臣下の礼である。

「顔を上げなさい」

礼に応える形でローズが、声をかける。

「お母様、ヒュー君はお母様のドレスを届けてくれたのです」

ヤドヴィガが、コレよ！　っと美しい薔薇（ばら）の模様が描（えが）かれたエマシルクのドレスを抱えて持ってくる。

刺繍（ししゅう）ではなく、生地（きじ）に直接描かれている珍しいドレス。

小さなヤドヴィガの手に余るそのドレスは半分以上ズルズルと床（ゆか）を擦（こす）っていた。

エマシルクの価値を知る者が見れば卒倒（そっとう）することと間違いなしだが、この程度ならば傷（いた）まないと何度も袖（そで）を通したローズは知っている。

そして、目の前の少年も。

「こんにちは、ローズ様！　おいらはヒューイ。スラム……じゃなくて、王都にあるスチュワート領に住んでるんだ。それで、ドレスとこれを渡すようにって言われて来たんだよ」

ヒューはポケットからハンカチを取り出す。

これもエマシルクであった。

「たしかに、渡したよ！」

ローズがハンカチを受け取ると、少年ヒューはしゅんっと音とともに消えた。

「！　消えた……」

「すごいねー、ヒュー君消えちゃった！」

おおおっとヤドヴィガが目をぱちぱちと瞬（まばた）きして、ヒューの消えた辺りの床を触（さわ）って探（さぐ）っている。

間違いなく、これは……エマちゃん関連ね。

ローズは確信しながら、渡されたハンカチに目を落とす。

「ん？　ヨシュア・ロートシルト？」

ハンカチには、びっしりと美しい筆跡(ひっせき)で文字が書かれていた。

ローズの予想に反して、あの一家ではない名前が記されており、不審(ふしん)に思うがそのまま読み進めてゆく。

そして……。

「大砲？」

「お母様？」

「ヤドヴィガ、ごめんなさい。もう少しお留守番しててくれる？　すぐにビクトリア様にお知らせしなくてはっ」

王国の緊急事態を知らせる内容にローズが宮を飛び出す。

これが真実なら、ローズの手に負えることではない。

◆　◆　◆

「ハーハッハッハッハー！　楽しいなぁっ！　楽しいなぁっ！」

向かって来る魔物の群れを国王がバッサバッサと笑顔で斬(き)り捨ててゆく。

「へっ、陛下！　お待ち下さい！　その魔物は硬くて切れなっ」

ブシュッ！

「アハッ！　ハーハッハッハッハー！」

魔物学教師、ヴォルフガングの制止を無視し、国王は最後の一匹となった魔物の腹下に潜り込み、力ずくで硬い表皮に剣を刺す。

少し離れて、国王を守るはずだった騎士もスカイト領の狩人達も活躍の場を与えられず立ち尽くしている。

「なぁこれ……おれら、いらなくね？」

盛大に返り血を浴びた国王は、汗か魔物の血か分からない湿った額を満足そうに拭い、一息つく。

「ふぅー。　久しぶりに思いっきり体を動かすと気持ちいいな！」

「へ、陛下っ。勝手に動かれては困ります！　何でもかんでも斬れば良いというものではありません！」

魔物の出現する森に入って数時間、慎重に慎重を重ね歩みを進めてきた。

鼻の利く猟犬が危険を報せれば、先にスチュワート家が様子を見に行き、危険を排除してから合流して進む、を繰り返し、十数分前までは何事もなく順調だったのに……。

「ふはっ……。陛下、相変わらず強すぎ」

アーサーがエドワード王子の背に隠れ、我慢できずにくつくつと肩を揺らす。

「あれは誰も止める間は無かった……。何かあったとしても責任の所在は陛下にあると先に言っておく」

王子はオロオロする魔物学教師とスカイト領の領主に後で罰したりはしないと約束する。

勝手に飛び出した王が勝手に怪我をして、臣下に責任取れなんて事態には自分がさせないから安心しろと。

王には森に入る前に何度も魔物を見つけても動かずに、狩りに慣れた者の指示に従ってほしいと進言していた。

だが、不意をつかれた魔物の襲撃に、無駄に鍛えている王が一番早く反応してしまったのだ。

スチュワート家の男性陣は、猟犬の報せを受け先行しており、離れていた。

まさか、そこを狙ったかのように魔物の群れが現れるなんて誰が予想できただろうか。

しかも、その魔物は明らかにこちらを標的と定め、群れで襲いかかってきた。

魔物学教師が、魔物の同定を始めるより、狩人と護衛の騎士が国王を守るために動くよりも早く、国王は魔物へと向かって走り出していた。

魔物狩りの心得のある者は、まず、現れた魔物の数と種類を把握することに集中する。

騎士の中には魔物を初めて見る者も多く、そのグロテスクな見た目に怯んでしまう者がいたのも仕方がない。

その両者の一瞬の隙をついて駆け出した国王は「ヒャッハー！」と叫びながら魔物に、剣を振り下ろしていた。

「だが、まぁ、心配無かっただろう？　先程斬れんと言った魔物もあの通りではないか！」

血に染まった剣をブンブン振ってから、国王は慣れた仕草で刃こぼれを確認する。

国王は、教師の【あの魔物は硬い】という忠告はしっかり聞こえていたようで、咄嗟の判断で頭を狙うのを止め、腹に潜ったのは正解だったな……などと悪びれる様子もなく爽やかな笑みを浮かべた。

周りには、十数体の魔物の死骸が転がっており、狩人が国王に追いつく前に、騎士が国王に追いつく前に、全部一人で、国王が片付けてしまった。

日頃から政務をビクトリア王妃に任せて剣術の稽古に励んでいるだけのことはある。

と、そこへ。

「お待たせしました。ルートの確保ができま……した……の……で？」

ガサガサと草を踏み分けてスチュワート家の長男ゲオルグと次男ウィリアム、狩人の実技の教師が現れる。

先行した先の安全が確保された時点で、待機組を迎えに来るのが彼らの役割となっていた。

「こっこれは……一体……⁉」

国王の周りに魔物の死骸が大量に転がっているのを見てウィリアムは息を呑む。

「何があった、無事か⁉」

狩人の実技の教師も驚いている。

しかし、国王は頰に付いていた返り血を拭いつつ、笑顔を崩すことはない。

「急に魔物の群れが現れてね。だが、心配は無用だよ！　私が一匹残らず倒してやったぞ」

全身に浴びたこの血は全部返り血で、怪我もないから安心してくれと言う国王。

どこの世界に狩人と騎士がついていながら、国王だけが血まみれになる状況になるのか。

「こ、これ全部陛下が？」

信じられないと震える声で尋ねるゲオルグ。

「ん？　ああ、考えるよりも体が動く質でね。少々硬いのもあったが、この程度なら問題ないよ」

狩りに慣れているといっても、ゲオルグもまだ十六歳の若者。

大人の力を見せつけてしまったかな？　自信を無くさないと良いのだが……なんて国王が思った矢先、諸々を理解したウィリアムが我慢できずに叫んだ。

「な、な、な、なんてことしてくださりやがったのですかぁー‼」

「ん？」

ウィリアムは血で染まる地面を踏まないように上手く避けながら、魔物の死骸を一体ずつ確認しては頭を抱えている。

「あー……これは、ひどいな」

お手上げだわと、ゲオルグが途方にくれるように天を仰ぐ。

「陛下、こんな、こんなの、姉様が見たらどんなに悲しむか……！」

魔物を倒して悦に入っている国王とは対照的に、ウィリアムはがっくりと肩を落とす。

なんて、勿体ないことを……と。

死骸の中にはパッと見ただけでも一角ウサギやヒポポタマル、アーマーボアなどが確認できた。

その全てが素人（国王）によって倒されたせいで台無しになっている。

よりによって高価な素材や美味しい魔物ばかり。

前の日も、前の前の日もこんなイイ魔物出現しなかったのに。

よりによって……なんで、このタイミング……。

一角ウサギの毛は無残に抜け落ち、血に染まり、毛皮にできそうな部分は残っていない。

ヒポポタマルだって肉は旨いし、表皮は馬車の車輪にと余すことなく使えるお得な魔物なのに……なんでここまで執拗に切り刻むんだ？

魔物肉は空気に触れると鮮度が落ちてすぐに食べられなくなるし、表皮はある程度の大きさが必要で、これではもう、食肉にも素材にもできないではないか。

そして、アーマーボアは蒸し焼きだろ？　常識だろ？

なんで、腹から切っちゃうの？

血抜きするまで腹側は切っちゃ駄目なのに……。

これじゃ肉は無理、うわっ盾の素材になる鼻も凹んでる……普通、凹まないよ？　ここ……。

なんとか素材として使える部位はないかとウィリアムは探すも、どれもこれも絶望的としかいえない状態だった。

「あー、うーん、これは、エマじゃなくても泣くぞ？　エマがここにいなくて良かったかも……って、あっ」

ゲオルグは返り血を浴びた陛下の姿を見て気づく。

狩り素人の陛下が無傷血まみれで帰れば、食い意地の張ったエマにバレない訳がない。

これは面倒くさいぞ、エマが陛下に説教しかねない。

「エマちゃんが……悲しむ？　泣く？　……とは？　……はっ！」

残念ながら、王からはエマに魔物肉と素材が勿体ないと怒られるなんて発想は出てこない。

王の目に映るエマは未だに儚げ美少女である。

「エマちゃんは魔物に襲われたトラウマを抱えている。そこへ大好きな（？）国王が血まみれで魔物狩りから帰ってくればきっとショックを受けてしまう……ってことかい？　ウィリアム君？」

人とは自分に都合の良い解釈(かいしゃく)をする生き物である。

「え!?　ショックはショックでしょうけど……」

「ただでさえ体が弱いのに、こんな姿を見せては食事だって喉を通らなくなるし、歩くのもままならなくなるのではと言いたいんだよね？　ゲオルグ君？」

「いや、ご飯は意地でも食べるかと……」

「……！　そうだよね？　誰にも心配かけまいとエマちゃんは無理にでも食べるだろうね……うぅっ……エマちゃんっ健気(けなげ)だからっ」

おじさんホイホイは絶好調だった。

「グスっ……」

「うぅう……」

「ひぐっ……」

そして、王の涙につられるようにスカイト領領主が、狩人、騎士達の中にもすすり泣く声が聞こえ出す。

「え？　何事？」

「エマはっ！　私が守る！」

「え？　殿下まで急にどうした⁉」

「ぶっひゃっひゃっひゃっ！」

「ちょっ！　アーサー様も⁉　え？　みんな、どうした⁉」

冷静だった王子も、いつも余裕のあるアーサーまでも様子がおかしい。

「あっ……。うわぁ……兄様……見てください、コレ……」

ウィリアムが魔物の死骸の中から、手の平くらいの小型の魔物のしっぽを摘んで持ち上げる。

パレスでは出現したことのない種の魔物で、ウィリアムも実物は初めて見る。

「ウィリアム、そいつが何か関係しているのか？」

ウィリアムよりも魔物の知識が少ないゲオルグは、その魔物が何か分からない。

「こいつ、暴走ネズミ……です。他の大型の魔物を噛んで暴走させる厄介な特性を持っていて……」

「魔物を暴走させる？　この陛下が倒した魔物は、その何とかネズミに操られていたってことか？」

スカイト領の魔物は精神攻撃系の魔物が多いと父レオナルドが話していたのを思い出す。

「暴走ネズミです。おかしいな、とは思っていたんです。魔物の群れにしては、あまりに多種多様で……共存関係にない種が群れて攻撃なんて、普通はしないでしょ……」

ウィリアムの頬に冷や汗が伝う。

「なんか、ヤバい感じか？」

弟の表情で、ゲオルグは問題が生じているのを悟る。

「この、暴走ネズミ自体はそんなに強くもないのですが……こいつに噛まれて暴走した魔物の血は、人を一時的に狂わせると本に書いてありました」

「狂わせる？」

「はい。ゲームでいうなら状態異常みたいな」

「え？　バーサクとか魅了とか催眠とか混乱とかのアレ？」

「ソレです」

前世のゲーム知識は何かと役に立つ。

「そんなの、暴れたりされたらどうやって相手すんだよ……俺、さすがに国王は斬れねーぞ？」

国王どころか、王子も、アーサーも、教師も狩人も騎士も、誰も傷つけたくはない。

「うーん……まだ、動き足りないんだよなぁ……」

ゲオルグの後ろで、さっきまでグスグス泣いていた国王が、おもむろにゆらりと頭を上げ、剣を握り直した。

「ねぇゲオルグ君？　ちょっと剣の稽古、付き合ってくれないかい？」

ぐるん、と振り向いた国王の目の焦点が合っていない。

ここは森の中。足場は悪く、いつ魔物が出現するか分からない。

こんなところで剣の稽古なんてやれる訳がないのに、周りの騎士も狩人も止めようとしない。

それどころか何やら国王の言葉に、いいぞ！　やれやれー！　なんて煽り出す者までいるではないか。

よくよく見れば彼らもまた、目の焦点が合っていない。

「まじか……」

そう、狩場に素人がいることほど危ないことはないのである。

◆　◆　◆

「うぉっと！」

王の重い斬撃をゲオルグが避ける。

「んー？　避けちゃ駄目じゃないかゲオルグ君。ちゃんと剣で受けないとっ」

王は楽しそうに笑いながら追撃の手を緩めず、逃げ回るゲオルグを追う。

「いやいや、陛下！　っと！　俺の細身のカタナじゃ、その大剣は受けきれませんって！」

せっかく新しく皇国で手に入れた一振りをこんなところで折る訳にはいかないと、ゲオルグが次の追撃もギリギリで避ける。

そもそも調子に乗って逆刃刀なんかにするから、下手に受けると自分が危ないのである。

「うわぁ……陛下、完全にイッちゃってる」

腕に自信のないウィリアムは、木の後ろに隠れ安全を確保しつつ様子を窺う。

他の者よりも大量に返り血を浴びている様子の国王は、もうやりたい放題であった。

「ううっ、エマぁっ！」

「ぶっひゃっひゃっひゃっひゃっ！」

「……エドワード殿下はなんか泣いてるし、アーサー様はずっと笑ってるし、陛下はあんなだし……状態異常に個人差があり過ぎる……」

魔物の資料を読んで知ってはいたものの、状態異常……面倒くさいな。

最早、質の悪い酔っ払いにしか見えない。

正気を保っているのは後から来た三人だけで、騎士もスカイト領の領主や狩人も皆、それぞれおかしくなっている。

「……飲み会の三次会に素面で参加する地獄かよ……」

ウィリアムは前世の飲み会を懐かしみつつ、正気の三人で何とかしなくてはならないのかと、頭を抱える。

「は、早く父様に報せないと……せ、先生。お願いします」

「あ、ああ……すぐに戻る」

とにかく暴れる国王を押さえるには人手が必要となるため、狩人の実技の教師に先行している父達を呼び戻しに行ってもらう。

ゲオルグには国王の相手をしてもらい、ウィリアムは己の知識を総動員して必死で解決法を模索する。

しかし、現状はただただ厳しいと言わざるを得ない。

兄一人で暴れる国王の相手をするには荷が重そうだ。

我が国の国王、強過ぎなんよ。

「ううっ。先生……早く、早く父様達を連れて帰ってきて……兄様が半分になる前に！」

ゲオルグにゴリラ並みの体力があったとしても相手は国王なので、反撃は許されない。

防戦一方の兄に、国王は容赦なく剣を振り回している。

その表情は非常に迷惑なことに、生き生きとして楽しそうだ。

「ゲオルグ兄様はゴリラだけど、陛下は陛下でクマみたいに強いのなんなの……」

せめて己の安全の確保だけでもして、兄の負担を減らさなくてはと、ウィリアムは木の陰から見守ることしかできない。

ヴァイオレットがゲオルグの頭に乗っていれば良かったのだが、残念ながら猫と虫はエマを守っている。

ゴォォッ！

ウィリアムの心配などつゆ知らず、国王はやりたい放題の絶好調である。

振り回していた大剣を地面に突き刺し、何を思ったのか目線の先に運悪く生えていた大木を引き抜いて、ゲオルグへ向かってぶん回し始めた。

「うわっ」

大木がぶつかるくらいならゲオルグも死にはしないのだが、運の悪いことに森の足場は悪い。木の根か何かに引っかかり、ゲオルグの足が止まった。

「兄様、避けて！」

ギリギリで攻撃を避けていたゲオルグの足が止まるということは、相手に恰好の隙を与えることに等しい。

国王がトドメだと言わんばかりに、地面に突き刺していた大剣を再び握り、振り上げる。

体勢の崩れたゲオルグは避けきれそうにない。

「うわぁっ…………………ん？」

だが、国王の動きが危機一髪で止まった。

「……ゲオルグ君？」

「へ、陛下！　もしかして……正気……に」

助かったぁ……とゲオルグが安堵の表情を浮か……。

「今、奥で何か動いたよね？　稽古はまた今度にしよう。ほら、獲物が逃げてしまうよっ！　ヒャッハー！　急いで！」

「なってなかったぁー……」

大木を薙ぎ払ったために周囲の視界が開けたのか、国王が何か魔物らしきものを見つけ、それを追いかける。

「皆の者！　魔物を倒すぞー！」

「「「はいぃ！」」」

しかも、おかしくなっている騎士や狩人達までも引き連れて行ってしまう。

状態異常でも、王の統率力は無駄に健在であった。

「え、ちょっ、陛下！　勝手に行かないで！」

父や叔父が来るまではここに留めておきたかった……のになぁ……。

ウィリアムが意気揚々と魔物を追いかけ走り出す国王を呼ぶが、新たな獲物に夢中の国王に聞こえるはずがない。

「兄様、陛下が走って行った方向は森の奥側です。これ以上進むと結界に近づき過ぎることになります」

結界に近ければ近いほど魔物とのエンカウントは増える。

「素人……マジで怖ぇな。ウィリアム、追いかけるぞ」

「はい！」

こうして先行した父レオナルド達との合流は叶わず、魔物狩りの一行は完全に二手に分かれることになるのだった。

◆　◆　◆

一方、森の前のキャンプ地でお留守番中の女性陣は、スチュワート家のテントの中で、狩りの参加の許可が認められずに気落ちするマリオンを、全力で慰めていた。

「マリオン様、元気出してください」

フランチェスカがそっとマリオンの背を撫でる。

「ありがとう、フランチェスカ様。うん。私も薄々気づいてはいるんだ。貴族の令嬢が騎士になるのは難しいと……」

マリオンは幼い頃から騎士を目指していた。

しかし成長して夢が近づくほどに、周囲の反対が強くなっていった。

女の子が騎士だなんて、公爵家の令嬢だぞ。

もし、怪我でもしたら？

もし、傷が残ったら？

婚姻に影響が出るのではないか？

騎士なんて常に危険と隣り合わせの仕事をわざわざしなくても良いだろう。

もう大人なんだから分別を持てと、課外授業に参加する許可を請う際にも父に釘を刺されていた。

「そろそろ、潮時なのかもしれないね……」

マリオンが珍しく弱音を吐く。

「あら、騎士団は実力主義だと聞いたことがあるわよね、ケイトリン？」

「マリオン様ならその辺の令息なんかよりもお強いから、採用試験を受ければ絶対に合格すると思うわよね、キャサリン？」

実力があるのに潮時なんて……と双子は不思議そうに首を傾げる。

マリオンの剣は、どの令息にも引けを取らないと学園の皆が知っている。

女性だからと舐(な)めてかかった令息は軒並(のきな)みコテンパンにされている。

問題は騎士の採用の可否を決めるのが、騎士団の上層部だということ。

その上層部の大半は、ベル家に縁(えん)のある者で占(し)められている。

ベル家の当主は騎士団長であるマリオンの父親である。

父親がマリオンの入団をよく思っていない以上、実力があったとしても、意図的に不採用となる可能性が高い。

マリオンは何度も父に頼み説得を試みたが、父はまともに話を聞いてくれず、頑(かたく)なに許可はしないと突っぱねた。

最近はお互いに目も合わせず、ベル家の屋敷は険悪な雰囲気が漂っており、世話をしてくれる使用人達ともギクシャクしていた。

「まあ、色々と難しくてね。皆、ごめんね。……いつまでも夢を追いかけてばかりもいられないってことなのかな」

マリオンは十七歳だ。

結婚についても考えなくてはならない時期に来ている。

貴族の令嬢として役目を果たさなくてはいけないことは頭では分かっている。

それでも、どうしても夢を捨てきれない自分もいて葛藤(かっとう)する日々であったが、そろそろ時間切れだろう。

「マリオン様。私、いつでもお話聞きますわ。潮時なんて言わないで騎士になる方法を一緒に考えてみませんか？　まだまだ、お若いのですから諦めるのはもったいないと思います」

弱々しい笑みを浮かべるマリオンの手をエマが握る。

マリオンの手の平はエマよりも硬く、父レオナルドや兄ゲオルグに近い。

しっかりと剣の鍛錬を積んできた武人の手だ。

相当な努力をしてきたのが、この手からだけでも伝わってくる。

「エマ様、私はもう十七なのです」

年下のエマに若いと言われても……とマリオンは困った顔をする。

はっきり言って十七歳は夢を見続けていられる年齢ではない。

結婚適齢期というやつで、同じ年の令嬢の殆どは婚約者がいるか、結婚しているか……子供がいるかなのである。

そもそも貴族の令嬢が結婚以外の夢を持っていたとしても叶えられはしないのだ。

よっぽど夫となる人物に理解がないと、外で働くなんてできない。

世の中が見えてくるに従って、マリオンの夢は現実的には難しいのだと思わざるを得なかった。

「何をおっしゃいます！　もう、ではなく、まだ十七歳ですよ、マリオン様！　十七歳はぴっちぴちで可能性の塊ではないですか！」

自嘲気味に笑うマリオンに、エマが大きく首を横に振る。

前世の記憶のあるエマから見れば、十七歳はお酒もタバコも禁止、選挙権も車の免許もない未成年である。

夢を諦めるにはまだ早過ぎるというか、これからなのにと言いたい。

「ふふふ、そう言ってもらえるとなんだか私、元気が出て来ましたわ」

マリオンと同い年のフランチェスカは、エマが十七歳はぴっちぴちだと力説する姿に、胸のつっかえが軽くなるのを感じていた。

第一王子派の洗礼を失敗してすぐ、決まりかけていた婚約が白紙になったフランチェスカ。

次のお相手を見つけるのに、また一から候補を探さなくてはならなかった。

もう、今からでは年がずっと上の貴族の後妻であろうとも文句は言えないだろう。

「フランチェスカ様まで……。皆様はまだ何にでもなれるお年頃ですわ。それに、そもそも結婚なんてしなくても別に……」

「エマ？」

「ひっ！　お母様⁉」

結婚なんてしなくても別に楽しいことは沢山ある……とエマが言おうとしたところで、テントの外で魔物の肉を煮込んでいたはずのメルサが、いつの間にか真後ろに立っていた。

「今、何を言おうとしたの？」

恐ろしいほどの地獄耳であった。

母は学園のお友達の手前、ニッコリと笑っているものの、エマには鬼の形相にしか見えない。

「え？」

「今、聞き捨てならない会話が聞こえたような気がしたのだけど？」

「え？　え、えーと……」

「まさかあなた、（今世も）私に孫を抱かせないつもりではないでしょうね？」

「ひっ……そ、そんなこと私、言いました？　言ってないですわ！　わっ私は、えと……落ち込まれてるマリオン様にけっ……ひっ！」

結婚、焦らなくていい。

そう、言ってあげたい。

しかし、母の視線が怖い。でも……。

「けっ……こここ……こっコーメイさんを……そう、コーメイさんを紹介しようとしてましたの！」

エマは母メルサの圧に負けた。

「「コーメイさん？」」

双子がどこかで聞いたことあるような……と考え込み、揃って顔を上げる。

「あ！　エマ様の猫ちゃんの名前じゃなかった？　ケイトリン？」

「そう！　エマ様が刺繍の授業でよくモチーフにされている三毛柄の猫ちゃんよ！　キャサリン！」

カフリンクスにハンカチ、ランチョンマット……授業でエマが刺すのは猫の柄が多い。

お家で飼っている子達だと、いつもエマが笑顔で猫の話をしていたのを双子が思い出す。

「そ、そうなのです。キャサリン様。私、コーメイさんの話をしていましたよね？　ケイトリン様。

ほら、落ち込んだ時はもふもふです！　だって！　もふもふを超える癒やしはこの世に存在しないのですから！」

メルサの意識を結婚と孫から引き剥がそうとエマは必死である。

このままだと長い説教に突入してしまう。

「そ、そう？　でも……エマ、急にコーメイさんを見せてはお友達が驚くでしょう？」

繊細な貴族令嬢に、スチュワート家の巨大猫達は刺激が強すぎるとメルサが止める。

「大丈夫ですわ。お母様！　猫達の話はよく学園でしていますから」

よし、上手いこと意識がそれたとほくそ笑むエマ。

そして、

「エマ様、もしかしてコーメイさんをこの課外授業のキャンプ地に連れて来ているのですか？」

もふもふ好きのマリオンの目が光る。

「きゃー！　コーメイさん触りたいわね、ケイトリン？」

「きゃー！　コーメイさん触りたいわ、キャサリン！」

何にでも好奇心旺盛な双子の目も光る。

「あの、ですが、こんなキャンプ地にまで連れて来て大丈夫なのですか？」

心配症なフランチェスカが猫はとても高価だからと遠慮気味に尋ねる。

この世界で猫は個体数が少ないために、一匹で屋敷が買えるほどの値段で取引されているのだから。

「うーん……たしかに。私も触りたいのは山々だが……他の者に見られでもしたら、大事な猫を盗まれてしまう可能性が高くなるよね。エマ様、無理はしないほうがいい。気持ちだけ受け取らせてもらうよ」

猫は何かあった時に簡単に弁償できる値段ではない。

マリオンも慎重になる。

「大丈夫ですわ、マリオン様。刺繍の授業の際にもコーメイさんは普通の猫より少し大きいと言いましたでしょう？　うちの子はそう簡単に盗まれたりしませんわ」

ふふっとエマが得意げな顔をする。

コーメイさんを盗める泥棒なんて王国中探してもいないだろう。

誰であろうが猫パンチで、ワンパンである。

「いや、その、少し大きいくらいでは、なんの抑止にもならないと思うよ？」

マリオンが猫の希少性は個体のサイズで変化するものではないと忠告するも、無事にメルサの意識を逸らせるのに成功したエマは、さっそく馬車の中でお昼寝しているコーメイを呼ぶ。

「コーメイさーん！　お友達紹介するからこっち来てー！」

マリオンとフランチェスカは猫を盗まれる可能性を心配して遠慮する空気を出していたが、基本、エマは空気を読まない。

「にゃぁん？」

エマの呼びかけに応えるように馬車から猫が返事する。

「あ、扉を開けないと……」

ギシッ。

フランチェスカが、馬車の扉が閉まっていることに気付き、これでは自力で出てこれないわ、と手を伸ばした矢先、スチュワート家の馬車が軋(きし)んだ。

「?」「?」「「?」」

猫以外に馬車の中に何かいる？　と、フランチェスカらが不思議に思ったところに、馬車を軋ませたであろう巨大な生き物が器用に前脚で馬車の扉を開け、ぬっと顔を出した。

「にゃあ！」

「!?」「!?」「「!?」」

一声鳴いて馬車を降りた巨大な生き物は、エマのもとへと駆けて来てその巨体(きょたい)を擦り寄せる。

「にゃーん？」

「コーメイさん、学園のお友達紹介するね。こちらがマリオン様、フランチェスカ様、キャサリン様とケイトリン様よ」

コーメイに頬擦(ほおず)りされながら、エマは令嬢達を紹介する。

「「「「……………え？」」」」

「うにゃーん！」

「コーメイさんが、皆さんのお話はよく三兄弟から聞いていますよ。いつもエマと仲良くしてくれてありがとう。だって！」

「「「…………………え？」」」

エマのありがとうに合わせて、巨大な生き物がスッと頭を下げたように……見えた。

「「「……………え？　……え？」」」

◆◆◆

フランチェスカは混乱していた。

エマから、いつも刺繍の絵柄のモデルにしている飼い猫を、紹介すると言われた時は単純に嬉しかった。

エマの刺す猫の刺繍はとても素晴らしく、とても可愛らしい。

フランチェスカ自身、十七年間生きてきた中で高価な猫を見る機会は多くはなかった。

ペットに屋敷を買える額を出せる者は、貴族であろうとも実際そんなにはいない。

ほんの一握りの、派手さを好み、見栄を張りたがる者がお茶会で猫を見せびらかしているのを数度見た程度である。

そんな第一王子派（比較的派手な貴族が多い）に属していたフランチェスカは、少ないながらも一般的な猫を見たことがあるゆえに混乱していた。

目の前にいるのは本当に猫なのかと。

「もふもふですわ、ケイトリン！」

「ゴロゴロ言っていますわ、キャサリン！」

「いや、こんなに大きな猫は初めてだ」

キャサリンもケイトリンも、マリオンまでその巨大な猫らしき生き物を撫で、その艶（つや）やかな毛並みを楽しんでいる。

「え……と？　まずその子が猫なのか、という疑問からでは？　どう見ても大きすぎるのでは？」

天真爛漫（てんしんらんまん）な双子はまだわかるとして、マリオン様まで受け入れるのが早すぎない⁉

ひとり置いていかれたような気持ちになりながらも、フランチェスカだけは目の前の巨大な獣（けもの）を猫とは納得できない。

「にゃーと鳴くのが猫だと言っていたわよね、キャサリン？」

「にゃーと鳴くのが猫だと聞いたわよね、ケイトリン？」

鳴き声を聞くまでは大きさに驚いたが、にゃーと鳴くならきっと猫だと双子は頷き合っている。

えっと……シモンズ領には猫、いなかったのかな？

「にゃー！」

「「ほら、フランチェスカ様！　今にゃーと鳴きましたわ！」」

どうやら双子にとって猫の定義はにゃーと鳴くかどうからしい。

「フランチェスカ様、コーメイさん可愛いよ。こんなに可愛いのだから猫に決まっている」

マリオンは気落ちしていたのが嘘のように、夢中でもっふもふの毛並みを堪能（たんのう）している。

「ああ……マリオン様まで……信じちゃうんですね……」

しっかりしているとはいえ、マリオンは王国に四家しかない公爵家の令嬢。

超お嬢様なのである。

筋金入りの箱入り娘で、ちょっと浮世離れしていてもおかしくはない。

素直に信じてしまったのかしらとフランチェスカは心配になる。

「え？　猫って本当はこんなに大きくないのか？」

「「！」」

「ん？」

「え？」

どこからともなく、少年の声が聞こえてきた……が、不思議なことに姿が見えない。

「にゃあ！」

幻聴にしては少年の声は皆が聞いており、何事かと周囲を見回していると、コーメイが一声鳴き、誰もいない、何もないところをじーっと見つめている。

「コーメイさんは何を見ているのかしら、キャサリン？」

「あそこにはなんにもないわ、ケイトリン」

「え？　あそこに何かが見えているの？　……幽霊とか？」

何もないところを猫がじっと見つめるのはあるあるだが、少年の声を聞いてしまっている令嬢達は身震いする。

「エマ、コーメイさんはなんて言っているのですか？」

メルサが猫語を解するエマに尋ねる。

「ん？　久しぶり～みたいなこと言っていたけど……」

エマもなんだろう？　といった表情で何もないコーメイが見つめる先を見る。

「……え？　言葉っ　え？」

慣れた様子で猫語の翻訳（ほんやく）をするエマの声を、フランチェスカは聞き逃（のが）さなかった。

もう、突っ込みが追いつかない。

「にゃっ！」

コーメイがぬっと体を起こし、じーっと見つめていた何もないところまで歩いてゆく。

「あ……」

もふもふがなくなったマリオンは、名残（なご）り惜（お）しそうに離れてゆくコーメイに手を伸ばす。

コーメイはというと、じっと見つめていた何もないところをベロンっと一舐めした。

すると……。

「うっひゃっい！」

しゅんっと音とともに、何もなかった場所に突如（とつじょ）、頬に手を当てて悶（もだ）えている少年が現れた。

「「きゃっ！」」

「誰ですの？」

「どこから？」

コーメイの動向に注目していた令嬢達が驚きの声を上げる。

「コーメイさんってばもうっ……おいら、気ぃ遣って隠れていたのに……」

「にゃあ？」

驚く令嬢達に怪しい者ではありません、と両手を上げてアピールしながら、少年が訴える。

コーメイは、それで隠れているつもりだったのか？　まだまだ修行が足りないにゃ。

ハットリに比べると詰めが甘いにゃ、というかのように一声鳴いた。

「あれ？　ヒュー君だ」

エマは突然現れた少年にどうしたの？　と首を傾げる。

少年はスラムに住んでいた、忍者見習いのヒューイだった。

「あ、エマ様ー、お久しぶりです」

ニカッと笑い、ヒュー少年がエマに挨拶する。

「あれ？　ヒュー君は、シモンズ港でハットリさんのお迎えに行くって言ってなかった？」

課外授業の期間中に、丁度皇国の船が来ることになっており、ヨシュアが泣く泣く参加を見送ったのをエマは思い出す。

その船に師匠である忍者の頭、ハットリも乗っていると聞いて、ヒューは王国駐在の忍者モモチと共にヨシュアの仕事を手伝っていたはずである。

「うーん。ちょっと緊急事態でさ……。エマ様、国王陛下が見当たらないんだけど、知らない？」

王国で最下層ともいえるスラム出身のヒューが、あろうことか国王を探している。

これだけで結構な緊急事態である。

「え？　陛下？　陛下は今……」

エマが森を見る。

「は？　え？　森⁉　あそこって結界が近くて魔物が出るんだよな？　え？　こんな時に何やっちゃってんの、陛下⁉」

ヒューイが頭を抱える。

結界に、魔物に近づいてはいけない。

スラムの子供でも知っている常識だというのに。

「少年、陛下に何の用があるのだ？」

周囲を確認し、人差し指を口元に寄せてマリオンがヒューに尋ねる。

下手に誰かに聞かれたら、不敬罪で捕（つか）まってしまうよとやんわりと注意する。

「ううっ。おいら、王妃様から手紙を預かってて……。絶対に直接王様に届けないといけないんだ」

予想外の国王の行動に、声が大きくなっていたことに気付いたヒューは、両手で口を覆（おお）いモゴモゴと答える。

「え⁉　王妃様？」

「ヒュー、何かあったのですか？」

ヒューの持って来た手紙の主が王妃と聞き、エマもメルサも驚く。

王妃がヒューに手紙を託（たく）すような経緯（けいい）が見えない。

「あの、この子が嘘を言っている可能性は？」

とっくに突っ込み疲れていたフランチェスカだったが、進むにつれ、少年の話を鵜呑みにするエマとメルサに、なぜ疑いなく信じているのかと訊かずにはいられなかった。

「失礼なお嬢様だな！　おいら、スリはしたけど、嘘は吐かないよ！」

ヒューがフランチェスカに怒る。

「ヒュー君、それ言うと逆効果……余計信用なくなると思う」

珍しくエマが突っ込みを入れる。

「うー……。急がないといけないのに……。あ、ほら、手紙の封蝋見てよ！　ちゃんと王族の色だろ？」

ヒューがポケットから、預かった手紙を取り出す。

「あら！　ヒュー、これ……」

メルサの顔が、封蝋を見た瞬間に強張る。

王族だけが使用を許される黒の封蝋。

その上に一滴、真っ赤な蝋が落とされている。

これは、王への報せの中でも最も急を要する手紙だとメルサは知っていた。

「この封蝋……緊急事態ではないですか⁉」

「え？　おいら、そう言ったよね？」

「一刻も早く陛下に届けなくては……」

「だからそれも、おいら言ったよね？」

ヒューが、おいらの話聞いてよと頬を膨らませる。

まあ、肝心の陛下は現在、森の中でヒャッハーからのバーサク中なのだが、知らない方が幸せなこともある。

「とはいっても、今このキャンプ地に残っているのは貴族令息とその護衛くらいなのよね……」

メルサが困ったわね、と考え込む。

一番守られるべき国王が森に入ったということは、動ける騎士と狩人は王を守るために殆ど森へと入っているということ。

残っているのはごく少数である。

魔物学を学びに来ただけの生徒や、その護衛には頼めない。

森はとても危険なのだ。

「おいら、さすがに魔物は無理だよ？」

一刻も早く届けたいが、忍者見習いのヒューであっても、魔物への対処をするには経験値がなさ過ぎる。

「うーん……思ったより大変そうだな。割増料金の交渉をしておけば良かったかも」

面倒くさいことになったぞ、とヒューは手紙を握り締め、空を仰いだ。

◆　◆　◆

少し、遡る。

王城の一室に、側妃ローズの緊急の呼びかけで王妃ビクトリア、宰相と騎士団長の四人が内密に集まっていた。

「なんてこと……」

念入りに人払いをし、ローズが差し出したハンカチを見た王妃ビクトリアは、無意識に親指の爪を噛んでいた。

幼い頃にとっくに矯正された癖が戻るほどの衝撃。

直接ハンカチに書かれた報告の内容は、緊急事態を告げていた。

「ビクトリア様、こちら信じ難いかもしれませんが……」

「ローズさん。分かっています」

ローズから渡されたハンカチは間違いなく本物のエマシルク製。

刺繍の糸だけではない、生地からタグまで全てがエマシルクなのだ。

その価値ははかりしれない。

これを王国内で所持できる人間なんて限られている。

その中で、惜しげもなく手紙代わりにできるのはもう、スチュワート家と王国一の豪商ロートシルト家くらいだ。

差出人にはロートシルトの名前。

そして、皇国のタスク皇子の名前まである。

国交を始めた皇国の船の第一陣が、内密にそろそろ王国に着くという話も聞いていた。

記された内容は疑いようのない事実なのだろう。

「マクシミリアン、あの子は一体……」

ハンカチには、シモンズ領に着いた帝国の船が大砲を載せていること、その大砲は王都に向けられ、すぐにでも撃てる状態であることが記されていた。

そして、その帝国の船を手引したのは、第一王子マクシミリアン。

王妃の生んだ、たった一人の息子である。

世界中どこを探したって他国に武力攻撃されたなんて話は聞いたことがない。

魔物の出現する世界で、多少の利害は絡むものの、ずっと国と国は助け合ってきた。

そうしなくては、人類は生き延びることができなかったからだ。

この侵略行為とも呼べる帝国の企みに、あろうことか自分の息子が関与している。

ローズの言うとおり、信じ難い。

しかし、息子可愛さに判断を鈍らせてはならないと、深呼吸して心を落ち着ける。

ビクトリアは王妃なのだから。

王国を、王国民を守らねばならない。

「ビクトリア様、すぐに陛下へ文を送りましょう」

同席していた宰相が、低い声でビクトリアに進言する。

宰相となってから間違いなく最大の危機的状況。

それなのに、こんな時に王がいないとは……いや、この時期の王の不在は王城の人間なら誰でも知っている。

つまり、マクシミリアン殿下も。

嫌な汗が、背を伝う。

王がいなければ軍が動かせない。王妃にも宰相にも、軍の指揮権がないのだ。

王城に駐屯している騎士団も、その殆どが辺境へ魔物狩りの助っ人に駆り出され、さらに王族を守る近衛騎士の人員も、課外授業へ行った王へ割かれ、すぐに動かせる騎士はそう多くはない。

国王と第二王子が課外授業で不在の今、王城の軍を指揮できる権限を持つのは、恐ろしいことに第一王子のマクシミリアンだけだった。

一刻も早く王に帰還してもらわねばならない。

守るものも守れずに王都が火の海となるのを、ただ指を咥えて見ているだけでは宰相になった意味がない。

「しかし、スカイト領まで馬を替えて夜通し駆けても、丸三日はかかるぞ」

豪快で、少しのことには動じないと定評のある騎士団長が、この時ばかりは唸る。

王が帰るまでに最短でも六日はかかってしまう。そして、

「そもそも、王城から早馬を気取られずに出せるだろうか？　出せたとしても、結局は間に合うかどうか……」

城内にマクシミリアン殿下の協力者がいるかもしれない中で、報せを持たせた早馬を出せば、相手にこちらが何か気付いたと気取らせてしまう可能性もある。

「……」

「……」

「ああ、どうすれば……」

騎士団長の言葉に黙り込む王妃と、宰相の顔を見てローズも不安そうに呟く。

何をするにもマクシミリアンが疑わしい上、他にも城内に内通者がいるとなれば、うかつに動けない。

打つ手なく、室内は重苦しい雰囲気に包まれる。

そんな完璧に人払いされた部屋に、忍者見習いのヒューは姿を消して気づかれることなく侵入していた。

（うわぁ、やっぱり皆困ってるな……）

ここまで国の偉い人達は、ヨシュアが予想した通りの動きをして、予想した通りのところで行き詰まっていた。

だからヒューは、ヨシュアの言ったとおりに、ここで姿を現すことにする。

ヨシュア曰く、ローズ様が悲しむと、エマ様が悲しむから、その時はヒューが陛下へ手紙を持って行って……と。

エマが悲しむのはヒューとしても避けたいと腹を括(くく)る。

しゅん、と音と共にヒューは自ら姿を現した。

「それ、おいらが持って行こうか？」

「「「!!」」」

人払いされた室内にヒューが突然現れたので、当然、四人は驚く。

「あっ……ヒューイ君？」

現れたのが、ハンカチを届けてくれた少年だとローズが気づく。

ヒューイはビクトリアに向かって急いで臣下の礼をする。

臣下の礼さえ上手くできれば、なんとかなるとハロルドの兄貴が言っていたから、と。

「いつの間に……ああっ、騎士団長！　この少年はハンカチを届けてくれた子です！」

ビクトリアを守るように前に出て、腰(こし)の剣に手をかけた騎士団長に、ローズが慌てて敵ではないと説明する。

「どうやって部屋に入ってきた？」

宰相も警戒し、低い声でヒューに尋ねる。

どんなに優秀な王国のスパイだって、この人払いした部屋には侵入できないはずなのだ。

「へへっ、それはキギョーヒミツ？　だよ。おいらなら気づかれることなく外に出て王様に手紙を持っていけるよ」

「何を馬鹿なことを！」

騎士団長はヒューの頭からつま先までを観察し、吐き捨てる。

己の腰にも満たない身長の子供がどうやるというのだ。

「いや、オッサン達、さっきまでおいらが隣に立っていても気づかなかったじゃん！　それに、おいらならスカイト領まで一日あれば行けるんだけどなぁ……」

「は？　嘘を言うな！　どんなに早い馬でも四日はかかるはずだ！　だが、それが本当なら……」

「宰相、無理です。王が課外授業に参加するようになってから、何度も我々騎士団が馬を走らせましたが、一日なんて……」

どんなに軽い騎士でも、どんなに速い馬でも無理だったと騎士団長が首を振る。

「そうだよな？　こんな少年に足元を見られては私も宰相としてはまだまだ修行が足りん」

国のお偉方が、少年の言動に弄ばれていた。

「……ローズさん？　私の目がおかしくなっていないのでしたら、もしかしてこの少年の着ている服は……」

ビクトリア王妃は、ヒューの紫色の服に目を留める。

「はい。ビクトリア様、この生地はエマシルクです」

「「んな⁉」」

ローズの答えに宰相と騎士団長がヒューの服を見る。

「へへへ。レオナルド様が縫って下さったんだ」

ヒューが嬉しそうに笑う。

「こんな子供に、エマシルクを伯爵が手ずから……ん？　手ずから？」

「これほど高価な服……しかも肘と膝には猫のアップリケがついて……ん？　アップリケ……をあの筋骨隆々の伯爵が付けたってこと？　ん？」

もう何がなんだか分からん、と宰相と騎士団長は混乱する。

「ビクトリア様、きっとヒュー君は誰にも気づかれることなく、王城を出て一日で手紙を届けてくれると私は信じます。スチュワート家に不可能はありませんもの」

ローズが彼に頼みましょうと王妃を説得する。

「スチュワート家に不可能はない……か。少年、本当に一日で手紙を王へ届けられるのですか？」

迷っている暇も惜しいのだ。

ビクトリアは今も【見える】のに、気配をまるで感じない少年ヒューを信じるべきかと悩む。

「間違いなく、一日で届けるよ！」

ヒューは、自信たっぷりに答えた。

王妃はその答えに頷き、手紙を書くためにペンを握った。

まあ、スカイト領に一日で行けるってのは、スチュワート家の力っていうよりヨシュアの旦那の力なんだけどね。

スカイト領へは陸路ではなく、海路を使って行く。

本来はスカイト領近辺の海は海流が複雑で船を出すのは難しい上に、着岸できる浜もなく断崖絶壁、曲がりくねった陸路をゆくしかない地形である。

この不可能を、とびきり丈夫で速い小舟（ロートシルト商会特製）を、めちゃくちゃ腕の良い経験豊富な船乗り（壊血病から完全復活したジェイコブさん）が操縦し、忍者のおいらが断崖絶壁をよじ登るっていう、結構ヤバメな経路を課外授業に参加できなかったヨシュアの旦那が執念で編み出したのだ。

名付けて、何かあった時にはすぐにでも駆けつけますからコース。

このためにヨシュアの旦那、睡眠時間削って崖登る練習してたな……。

一生懸命なのは分かるけど、努力の方向性が違うというか、執念がえげつないというか……。

おいらには全く理解できないと雇い主に対してヒューは、なんともしょっぱい気持ちになるのであった。

◆
◆
◆

「ねえ、ヒューってば、話聞いてる？」

エマがヒューの顔を覗き込んでいる。

「わっ、ごめんエマ様。ちょっと考え事してた！」

王様が魔物の森に入ったと聞いて、これまでの苦労を振り返っていたヒューは、はっと意識を戻す。

「もう、ヒューったら、行くわよ」

仕方ないなぁ……と笑うエマ様の笑顔はいつも通り可愛い……が、語尾に引っかかる。

「ん？　エマ様？　行くってどこに？」

嫌な予感がする。

「陛下に手紙届けるんでしょ？　行きましょう？」

よいしょっと、コーメイによじ登るエマ。

「え？　誰が行くの？」

嫌な予感がする。

「私達以外に誰が行くっていうの⁉　もう、本当に全然聞いてなかったのね？」

エマが頬を膨らませている後ろで、緊張した面持ちのマリオンと絶望的な表情のフランチェスカ、ランランと目を輝かせる双子がいる。

「私……達？」

「そう、私達！」

ヒューと私と、マリオン様とフランチェスカ様と双子ね、とにっこり笑うエマ様は、いつも通りとびきり可愛い。

「あー……そうきたかぁ……」

でも、ヒューはあの笑顔の正体を知っている。

あれは、全ての騒動の元凶たる令嬢の笑顔である。

これから何かしらの騒動が必ず起きるのだと、ヒューはこっそりと覚悟（かくご）を決めた。

第九十話　ぷちっと。

スカイト領の森に入って小一時間。

エマ達は順調に王のもとへと歩みを進めている。

「お、思ったより魔物いませんわね？」

ずっとビクビク、キョロキョロとしていたフランチェスカだったが、魔物一匹見当たらない森にほっと胸を撫でおろす。

「コーメイさんから離れなければ大丈夫ですよ」

コーメイの背に乗っているエマが脇を歩くフランチェスカに笑いかける。

知性が少しでもある魔物ならば、好き好んでコーメイに近づくことはない。

「皆様、足元と前方をよく見て歩いて下さいね」

正面から挑む魔物はいないが、姑息にも後ろから攻撃を仕掛けてくる魔物は何度か現れていた。

そんな魔物達は、たかるハエでも振り払うかのようにコーメイの尻尾に音もなく吹っ飛ばされ、処理されている。

エマがやんわりと足元と前方に注意を向けさせて、恐ろしい魔物を見ないように配慮する。

言わぬが花、知らぬが仏、である。

課外授業が始まってから今日まで、森に入ってこっそり魔物狩りをしていた父達の手によって、森の中はある程度令嬢でも歩きやすい道が作られていた。

スカイト領の狩人達には言わずに勝手に作ったもので、見つかると何かと面倒なことになる。

先に出発した、国王率いる課外授業の面々は、スカイト領の狩人達が普段使っている正規の道を選択していたので、まだバレてはいないはず。

意図的に正規の道とは重ならないように父らが作った今の道も、そろそろ終わりそうなところまで歩いてきている。

「そろそろ、お父様達に追いつくころと思っていたのですが……」

森の地図と、兄ゲオルグの話していた舗装経路を頭の中で照らし合わせていたエマだが、未だに真っ直ぐ奥へと進もうとしているコーメイの足取りに不安を覚える。

お父様達、想像よりも森の深いところまで入ったみたい。

これ以上進むとなると、素人連れでの狩りは危険を伴う。

森の奥に位置する結界に近づけば近づくほどに、魔物に出くわす可能性が高くなるのだ。

父や叔父がいるとはいえ、素人を連れた狩りでは進んでもこの辺りが落としどころと、目測をつけていた場所は、もう通り過ぎている。

これ以上の深入りを父が許すとは考え難く、何か不測の事態が起きたのかもしれない。

いつもいつも、なにかと問題を起こすのはエマが元凶だといわれてきたが、ぶっちゃけ他の家族だって似たり寄ったりだと思う。

「それにしても、王様へ緊急の報せって何かしら、キャサリン？」

「気になるわ、王様へ緊急の報せって何かしら、ケイトリン？」

コーメイを挟んで歩く双子がヒューのいる方を見て、気になるわと話している。

ヒューは、コーメイより前を歩きながら、ウィリアムが仕掛けた罠を見つけては、令嬢達が間違ってかからないように解除していた。

国王に火急の報せ。

王国の貴族ならば、国王よりも王妃のほうが政に精通していることを知らぬ者はいない。

わざわざ、王妃がスカイト領にいる国王に、こんな少年を使ってまで寄越す報せなんて想像できないと、双子は不思議そうに首を傾げた。

「おねーさん達、そんな可愛いそっくりな顔で訊かれても言えないよ？　しゅひぎむがあるからね」

ガシャンっと物騒な罠を片付けながらヒューが双子を振り返る。

手紙の内容は王妃から堅く口止めされていた。

「にゃっ！」

「ん？　コーメイさん、王様見つけたの？」

「にゃっ！」

コーメイがスンスンとにおいを嗅いで頷く。

「にゃーん」

王様、どんどん先に進んで行くから、急いだほうがいいとコーメイが鳴く。

「え？　まだ奥に進んでいるの？　キャサリン様、ケイトリン様、少しスピードを上げますのでお二人はコーメイさんに乗ってください」

エマは一旦コーメイに香箱座りしてもらい、双子に声をかける。

騎士になるために訓練しているマリオンとダンスが得意なフランチェスカと違い、双子の方は少々疲れが見え始めていた。

「いいんですの？　コーメイさん。大丈夫かしら、ケイトリン？」

「私達まで乗ったら重くないかしら？　キャサリン？」

キャサリンとケイトリンが馬でも三人乗りはしないわと、心配そうにコーメイに尋ねる。

普通に猫に話しかけている双子に、フランチェスカとマリオンはお互い目配せして肩をすくめている。

今後もスチュワート家と関わるなら、この順応性の高さは見習うべきだ。

「にゃあ！」

コーメイが香箱座りのまま、双子に返事をするように鳴く。

「コーメイさんが全然大丈夫だって。なんなら愛用のハンマーを持ったお父様のほうが私達三人より重いけど、余裕で乗せて動けたからって」

「え？　エマ様？　今の【にゃあ！】だけでそんな意味になるのですか？」

隣を歩くフランチェスカが驚いている。

もう、通訳していることには突っ込まない。

「……ふむ。言われてみれば、あの伯爵のハンマー……１００ｔって書いてあったような……」

双子がコーメイに乗るのを手伝っていたマリオンが、レオナルド愛用のハンマーを見せてもらった時に、刻印されていた文字について思い出す。

騎士の使う剣とは違い、対魔物用に特化した武器だと聞いたが、人間が１００ｔもする物体を振り回すなんて可能なのかと密かに気になっていたのだ。

「ふふふ、さすがに１００ｔはないのですが、ハンマーにはそう記すと昔から決まっているのです」

様式美ですわ、とエマが笑う。

「もともとお父様が浮気したとき用にお母様が使えるよう、お誕生日に三兄弟で作ったんですが……ほら、お父様浮気なんてしないから……」

「にゃーにゃ！」

「うふふ。そうね、コーメイさん。１００ｔハンマーは辺境の田舎のハンター（狩人）には無用の長物でしたわね」

これは一本取られたわ、とエマがコーメイと座布団一枚ね、と笑い合っている。

「……何がそんなに面白いのか分かる？　ケイトリン？」

「……何がそんなに面白いのか分からないわ、キャサリン」

ケイトリンがキャサリンの腰に手を回しつつ、エマとコーメイの独特の笑いのセンスに困惑している。

王都では貴族が愛人を囲うのは、よくあることだが辺境では違うのねと、フランチェスカも不思議そうにしている。

「にゃあ！」

ゆっくりとコーメイが脚を伸ばし、出発するよと一声鳴く。

「お二人ともしっかり掴まって落ちないように気をつけてくださいね？　どうやらコーメイさんが言うには王様だけでなく、魔物もいるようですから」

「「「え？」」」

「ヒャッハー‼」

絶賛、状態異常（多分バーサク）中の国王が飛んできた魔物をバッサリと斬り捨てた。

「あぁ……。手袋の素材としてめちゃめちゃ人気の魔物、マモンがっ……さっきからバッサバッサと……」

「諦めろウィリアム。まだ陛下が俺たちや騎士さんや狩人さん達に攻撃してこないだけマシだ」

魔物を倒しながら有り得ないスピードで奥へと進む国王に、ようやく追い付いたゲオルグとウィリアムは、二度と王様のお守りなんてごめんだと、げんなりした表情で途方に暮れている。

「あーその、すまない……」

エドワード王子が、ゲオルグとウィリアムに謝る。

国王ほど返り血を浴びていない王子は、なんとか正気に戻りつつあった。

「いや、殿下。王族がそんな簡単に謝ってはいけません」

同じく正気に戻りつつあるアーサーが王子を窘める。

「そうは言ってもだな、アーサー……」

目の前で父親がヒャッハーと叫びながら魔物を屠っている状況で、謝る以外の言葉が出てこない。

「まあ、暴れたくなる気持ちも分からなくはないですが……」

国王は社交シーズンで溜まりに溜まったストレスを、これでもかと発散しているのでは、と思わざるを得ない、はっちゃけっぷりだった。

各国のお偉いさんがやって来る社交シーズンは、王妃からこの時期だけは要らんことをするな、公務を優先せよと言われ、国王は騎士の訓練どころか早朝の筋トレも、王城の周りをランニングすることも禁止されてしまうのである。

それに加え……

「毎年のことながら帝国の正使も、商人も礼儀正しいとはいえない者ばっかりだったし、これまでは綿のために我慢してたけど、今年はその肝心の綿すら粗悪品ばかり……」

大好きな剣の稽古の時間を禁止されて社交にあて、大好きな騎士団の視察を我慢して綿の確保に奔走したのに、今年は大した成果もなく国王も頭が痛かったことだろう。

社交シーズンが終わったら終わったで、綿の不足が貴族達の不満を煽り、国がなんとかしろと言い出す者までいる始末。

そして、ご落胤騒動のせいで王妃には睨まれ、癒やしてくれるはずの側妃にはそっぽを向かれてしまい、国王は最近ずっと、踏んだり蹴ったりなのだった。

アーサーはちょっとだけ国王に同情する。

「おっとっ！」

「!?」

物悲しい目で実の父親を見ていたエドワード王子の顔の横へ、不意にゲオルグが手を伸ばす。

「殿下、アーサー様も気を付けて下さい。ここらはもう、結界から数百メートルも離れていませんので、そこらじゅうから魔物が出現します」

ゲオルグの手には、先程国王が切り捨てたのと同じ二十センチくらいのリスに似た魔物が握られていた。

「すっすまない」

「ぴきー！」

魔物がゲオルグの手の中で、王子に向かって必死に小さな手を伸ばしている。

「……可愛いな」

小型でモフモフで瞳がうるうるで、ぴきー！　なんて鳴くマモンガは、魔物というよりも愛玩動物のような愛らしさがあった。

「ちょっ！　殿下、それ以上顔を近づけてはいけません。このマモンガは一見可愛いかもしれませんが、好物は人間の目玉ですよ！　油断すればすぐに抉り取られてしまいます！」

可愛いからとよく見ようとする王子の袖をウィリアムが引っ張るのと同時に、魔物が顔の端から端まである口を開け鋭い牙を見せる。

そこにはうるうるの瞳の可愛かった面影はない。

「うわっ！」

王子の目玉を寄越せと言わんばかりに魔物がゲオルグの手の中でもがく。

「ぴきー！　ぴきー！」

「いくら可愛くても【ほら、怖くないよ。怯えているだけだよね】なんて魔物にやってたら両目とも食べられちゃいますよ」

結界近くの森を舐めちゃだめです、とゲオルグが魔物の首をきゅっと捻る。

なるべく毛皮を傷付けないようにプロの狩人はマモンガの首を折る。

国王のように真っ二つに斬ったりはしない。

「ほら、狩人さん達の表情見て下さい。あんなに緊張して……。普段こんな奥まで来ないから……」

実際、緊張しているのは狩人だけではなく、ゲオルグとウィリアムも一緒だった。

父も叔父も猫も蜘蛛もいないのに、ここまで森の奥に入ってしまったのは想定外である。

戦力的に、このままでは不安だ。

「あー……やっぱり、エマに来てもらっとけば良かった」

エマがいればコーメイさんも一緒に来てくれていたはずだったのに。

と、ゲオルグが思ったところで、後ろからガサガサと草木を掻き分ける音が聞こえる。

「ん？　兄様、今呼んだ？」

「にゃ？」

「ああ、エマとコーメイがいてくれたらな……って、ん？　え？　エマ⁉」

計ったようなタイミングでエマとコーメイが現れた。

「ふふふ、呼ばれて飛び出て……」

「にゃにゃにゃにゃにゃーん♪」

息ぴったりである。

「ちょっ！　姉様なんで⁉」

「エマ⁉」

「エマちゃ……って、いや、ま、マリオン⁉　フランチェスカ嬢に、双子まで⁉　……ってそれより、何よりでっか！　猫でっか‼」

ウィリアムと王子も、突然のエマとコーメイ達の出現に驚きの声を上げる。

アーサーは更に、猫の大きさにも驚く。

「あ、アーサー様。この子、うちの飼い猫のコーメイさんです！」

「にゃーん！」

「これは、丁寧な挨拶……え？　……え？」

とっさに猫でっか、と叫んだものの猫と呼んでいいものなのかとアーサーは混乱する。

「猫のコーメイさんですよ。ほら、エマ様がよく刺繍していたではありませんか」

「にゃ！」

「ま、マリオン……え？　いや、猫って……え？　何？　あの刺繍の猫、実寸大にしたらこんななの？」

目の前の獣の模様は、たしかによくエマ嬢が刺繍していた四匹の猫の中の一匹にそっくりだが、それでそうかと納得しろというには無理がある。

「いや、うーん……」

しかも、絶対におかしいはずなのに猫の大きさに驚いているのが自分だけなのが、腑に落ちない。

隣にいるエドワード王子の視線は、こんなデカい猫を前に、エマにしか向いていない。

「エマ、ここは危険だ。どうしてこんなところまで……うわっ！」

エマを心配し、王子が駆け寄るもコーメイにシャーっと威嚇される。

「あ、コーメイさんっ！　殿下にシャーってしないのっ」

「にゃ？」

「うん、殿下は悪い人ではないからね？」

「にゃ！」

「殿下、申し訳ありません。コーメイさん、局地的結界ハザードの時に、私が怪我をしていたのを思い出したみたいで……」

あの時にいたやつ皆敵だと、コーメイは覚えのある王子のにおいについ、威嚇したのだ。

「大丈夫だ。コーメイさん、あの日スライムから守ってくれたこと、礼を言う」

エドワードは、コーメイに心を込めて頭を下げた。

コーメイが来てくれていなければ、エマも王子もゲオルグも生きてはいない。

「にゃ！」

「コーメイさんがどういたしましてと言ってますよ、殿下」

「殿下っ！　猫（？）になんでそんなコト……ってエマ嬢はさっきからなんで通訳して……？」

一体どうなっているんだと、一人状況が読めないアーサーがゲオルグに助けを求め、視線を向ける。

「あっ！　そうだ！　コーメイさん、ちょっとあそこでバーサクってる陛下、大人しくさせてくれない？」

ゲオルグはアーサーの訴えるような目に気づいたものの、心情を察してやれるほど細やかな性格ではなかった。

「にゃ？」

「……兄様、あの血まみれ陛下のハッスルっぷりは何ですか？」

ヒャッハー！　と叫びながら魔物を斬り刻んでいる国王を見たエマの声が震えている。

「エマ、見るな！」

まだ、あの局地的結界ハザードから二年も経っていない。

思い出して震えていると勘違いした王子が心配する。

「ま、魔物がもったいない！」

が、エマの視線は国王と魔物に釘付けである。

「ん？」

「さっきからマモンガが、高級手袋の材料が台無しにっ」

「ん？」

「ウィリアムも兄様もなんであんなになるまで放置してるのよ⁉　ほんと、もう、けしからん……陛下ったら……もう、なにあれ……ほんと……」

　震えている、というかわなわなとエマが国王を見つめている。

（ああ、マモンガが大量に陛下の足元に切り捨てられてもったいない……もったいないんだけど……血まみれで剣を振る陛下、カッコよっ！）

「……姉様？」

　いつのまにかイケオジ鑑賞（かんしょう）に耽（ふけ）る姉をウィリアムが冷たい目で見ている。

「ヒャッハー！」

「……とにかく、コーメイさん。あの国王、止めてくれる？」

　コーメイの背に乗っていたエマと双子を下ろしつつ、ゲオルグがコーメイにお願いする。

「にゃ！」

　了解（りょうかい）にゃ！　と鳴いて、トトトっとコーメイが国王へ向かって走り出す。

「あっ！　ちょっと危ないって！　ゲオルグ君、あの猫（？）大丈夫なの⁉」

　バーサク中の国王は、己（おのれ）よりも大きな魔物も倒してしまうほど強かった。

　手には大剣が握られ、自慢（じまん）のその切れ味は未だに鈍（にぶ）ってはいない。

　剣を持ったクマを、ただ大きいだけの猫に止められる訳がないと、アーサーが慌（あわ）てて止めようと手を伸ばす。

「大丈夫ですって、ほら」

にっこり笑ってゲオルグが国王を指差すのと、猫が国王を前脚で踏みつけたのが同時だった。

ぷちっ。

「「「あっ……」」」

暴れていた国王は、静かになった。

「え？　……今、ぷちっていわなかった？」

恐る恐る口を開いたアーサーに、誰もがそっと目を逸らした。

◆　◆　◆

森の中で、騎士と狩人は途方に暮れていた。

規格外に強すぎる国王を止められる者はいない。

魔物の血を浴びた影響で理性を失った国王は、それはそれは楽しそうに魔物を切り刻んでいる。

その姿は王族というよりも歴戦の戦士のようで、騎士と狩人達はただ途方に暮れることしかできなかった。

だって、相手は国王。

傷一つつけることは許されない。

誰もが解決策を模索するが、そう簡単に有効な案は出てこない。

何も手立てがないままに、魔物を倒しながら森の奥へ嬉々として進む国王の後を追う。

こうなってしまったら、無責任だと誹られようと皆、願わずにはいられなかった。

勝手な願いだと各々重々承知の上で、それでもこのどうしようもない状況を打開したかった。

だから、願ってしまったのだ。

心の底から。

頼む、誰か、誰でもいい、国王を止めてくれ！　と。

その切実な願いは、突如叶うことになる。

ぷちっ。

大きな、姿形だけは猫のような獣が現れ、暴走する国王を止めたのである。

止めたっていうか……もうこれは潰したと言ったほうが正しいのではないか……。

叶えられた願いを目の当たりにした騎士は、狩人は思った。

チガウ、ソウジャナイ‼

ソウイウコトジャナイ‼　と。

そして、お願いだから止まってくれと皆が切望した王は、大きな猫のような獣の前脚の下でピクリとも動かなくなった。

「「「ひっ……………！」」」

ぶわぁっと全身に鳥肌が立ち、なんかヤバいことになったぞと、頭よりも体が先に反応する。

「「へっ……陛下ぁぁぁああ‼」」

騎士と狩人が一斉に叫んだ。

国王を守るために同行した近衛騎士も。

安全に森の中を案内するために同行した狩人も。

ギリギリ持ち堪えていれば、ここからなんとかリカバリーできるはずだと、心の中で無理やり誤魔化していた彼らの任務は、非情にも完膚なきまでに瓦解した。

どうしよう……国王から、虫でも潰したかのような音が……。

王族を、ましてや国王陛下を死なせてしまった代償は、己の命をもってしても払えるようなものではない。

今ここにいる騎士や狩人達一人ひとりの一族郎党が断頭台へ送られるのは確定だろう。

今ここにいない騎士団長も副団長も支部団長の命だって分からない。

「せっ……せめて、お身体だけでもっ」

棺の中身が空なんてことだけは避けなければ。

「そっそうだ！」

せめて、命がけで陛下のご遺体を持ち帰り、ここにいない仲間の命だけでも恩情に訴え、守れないだろうか。

「なんとしてでもっ……ちくしょう、足が、震えて動かないっ！」

だが、すぐにでも駆け寄りたい気持ちとは裏腹に、大き過ぎるショックのせいで体は思うようには動かない。

騎士は必死で自身の体に動けと命じるが、その情けなくも竦んだ足が動く前に、猫がゆっくりと王を潰した前脚を上げる。

「あ……やめっ……やめて！」

「へっ、陛下がっ」

「たっ、食べっ！」

大きな猫のような獣が、仕留めた獲物（国王）のにおいをスンスンと軽く嗅いだあと、そのまま口を大きく開けて食らいつく。

「「「うわぁぁぁぁぁぁぁぁ！」」」

王の体が残らず獣の胃袋へと収まろうとする様に、騎士と狩人達から絶望的な悲鳴が上がる。

「にゃ？」

その悲鳴に獣が首を傾げ、騎士と狩人のいる方を見た。

猫のような鳴き声に、普通なら可愛いと感じるかもしれない仕草。

だが、その口にあるのは王の亡骸である。

キラキラ輝く金色の瞳が真っ直ぐこちらを見ている。

「「「ひっっ……！」」」

猫に睨まれたネズミの気持ちが今なら誰よりも分かった。

騎士と狩人達は、ゴクリ……と、緊張のあまり唾を飲み込むが、その音でさえ獣を刺激しないかと恐怖する。

　王の次はきっと、自分達……だろう。

　目が合って、改めて確信する。

　この獣には敵わないと。

「コーメイさーん」

　そこへ、覚悟を決めた騎士と狩人達の耳になんとも場にそぐわない、ふわっふわの緩い声が飛び込んできた。

「にゃーん？」

　その緩い声に導かれるように、猫の視線が騎士と狩人達から逸れて、彼らの更に後方へと視線が動く。

「「「！」」」

　猫が視線を移した場所……。

　騎士と狩人達は、はっと身構える。

　我らの後ろには、エドワード殿下がいる。

　スチュワート家の兄弟とベル家のアーサーが殿下を護衛しているが、我々同様、あの獣相手では何の役にも立ちはしないだろう。

　アレは、あの暴れる王を、虫を殺すくらいの気軽さで、亡き者にしたバケモノなのだから。

　王亡き今、王子まで猫に食わせる訳にはいかない。

バッと騎士と狩人達は王子に逃げろと叫ぶために振り返る。

「「殿下、早くお逃げくださっ……てっ⁉　なんでエマ嬢がいるの――――⁉」」

スチュワート家の兄弟よりも、ベル家のアーサーよりもエドワード王子よりも、一番前にいたのは、森にいないはずのエマ・スチュワート嬢だった。

しかも、満面の笑みで手を振っている。

「なんでこんなところに……いや、違う、あれはエマ嬢じゃないっ！　天使だ！」

「はっ！　そうか、天使か！　つまり、ここは天国。我々はもう、知らぬ間にあの獣に屠られてしまったのか……」

「ああ、天使ってエマ嬢にそっくりなんだな？　ほら右頬の傷の位置まで……それに奥にはフランチェスカ嬢にマリオン嬢、シモンズ領の双子令嬢にそっくりな天使も見えるような……」

魔物が出現する森の奥深い殺伐とした場所に、貴族の令嬢がいるわけが無い。

ましてや、あんな笑顔でいられる訳が無いのである。

「にゃあ！」

「「うわぁ！」」

騎士と狩人達が自分に言い聞かせていた矢先、猫のような鳴き声を上げたバケモノが、国王を咥えたままエマ・スチュワート嬢に良く似た天使のもとへ駆け出した。

一瞬のことで、騎士も狩人も反応できなかった。

バケモノは天使の前まで移動し、咥えていた国王をゆっくりと置く。

「あ……あああ……あの天使も獣に食べられてしまう……」

「陛下を置いて、先に天使を食べ……ん？」

「んんん？」

「うにゃーん」

獣が国王を置いたあと、スッと天使の前にお行儀良くお座りした。

「よしよし。コーメイさん、ありがとう」

「にゃあ！」

「「……え？　えぇぇぇぇ!?」」

エマ嬢に似た天使は、あろうことかバケモノに抱きついた。

むぎゅうっという音が聞こえそうなほどにがっつりと抱きつき、柔らかそうなモフモフの毛に埋もれている。

「あ、危なっ……」

「何を!?」

「は？　一体何が起きたんだ!?」

国王を潰した凶暴なバケモノは、天使の顔にスリスリと額を擦り寄せているではないか。

お互いがお互いを大好きだと言わんばかりの抱擁に、騎士も狩人も混乱する。

バケモノが天使を害そうとする様子がない。

「そう……か。つまり、バケモノも天使は襲わないってことか？」

「なるほど、天使だからか……」

「まぁ、天使だもんな」

バケモノを前に見せる天使の神々しい笑顔に、一同は不思議なほどストンっと納得した。

◆◆◆

「よし、じゃあ早速脱がそうか！」

うふふ、と天使？　の微笑みを浮かべたエマは横たわる国王の側に膝をつける。

「エ、エマ？　あの、父は、陛下はどうなったんだ？」

父親が猫に潰される光景を見たばかりの息子として、最大限に冷静にエドワード王子が尋ねる。

「大丈夫です、気絶しているだけですから。まだ、陛下の服に付着した魔物の血が乾いていない箇所がありますので危険です。殿下は念のため離れて下さい」

乾いていない血を触ってしまうとまた、状態異常を引き起こす危険がある。

「それならエマ嬢も離れなくては！」

忠告に従い、アーサーは王子を国王から離すように、ずいっと前に出て、更に膝をついたエマを立たせようと手を伸ばす。

確実に逝ったと思われた国王陛下だが、仰向けに寝かされている様子を見るに、胸が微かに上下していて、呼吸していることがアーサーの目にも確認できた。

「いえ、私は陛下の介抱をします」

「！」

手を伸ばすアーサーに、ゆっくりとエマが首を横に振る。

「駄目だ。今、君が言ったんだよ？　危険だと。対処法を教えてくれれば私がやる」

何故、エマ嬢がわざわざ危険な事をしなくてはならない？

もし、陛下が目を覚まし暴れたら、細くか弱いエマ嬢は怪我どころでは済まないだろう。

「だから、私がやるのです。アーサー様、血が乾いていないと、また状態異常を引き起こす可能性があります」

エマが、国王の服に付いたおびただしい量の血痕を指差す。

「アーサー様や、殿下や、ゲオルグ兄様が先程の陛下のようになられても、簡単には止められません。逆に、私が暴れたとしても皆様が羽交い締めにでもして下されば、私なんて簡単に動けなくできますでしょう？」

暴走ネズミによる二次被害、三次被害を防ぐためには力の弱い者が優先的に介抱するのが鉄則である。

「っっな‼　エマを羽交い締め⁉」

アーサーの後ろで王子が声を上げる。

華奢な彼女が暴れたとしても、たしかに組み伏せるのは難しくない。

だが、エマの手首も、腰も軽く力を加えただけで折れてしまいそうなほど細いのだ。

こんな、こんな、細い身体を……。

「でも、あの、もし、私が暴れたときは……なるべく……痛くしないで下さいね？」

エマはスッと一瞬目線を逸らしてから、遠慮がちに上目遣いに王子とアーサーを見つめてお願いする。

介抱は譲れないが、もしものときは優しくしてくれと。

「ファッ⁉」

知らぬ間に舐めるようにエマの体躯を見てしまっていた王子は、エマの伏せたまつ毛の影に、潤んだ瞳の上目遣いに、何よりもその言葉に一気に顔が赤くなる。

一歩、二歩、三歩……と、まるで衝撃波を受けたように後退し、ドスンっと尻もちをつく。

「なっ、なっ、なっ、なっ！」

語彙力を失い、腰から力が抜け、頭の中でずっとさっきのエマの声がリフレインし続ける。

……痛くしないで下さいね？　痛くしないで下さいね？　殿下、痛くしないで下さいね？　……と。

「……そこまで言うなら、任せるよ」

王子とは対照的にアーサーは、数秒立ち尽くしてから、言葉少なに国王とエマから離れた。

「…………」

エッロ……何？　今の？

十三歳の女の子が出す色気じゃないぞ？

プレイボーイと名高いアーサーも、ほんのり顔が火照っていた。

「姉様‼　僕も手伝います‼」

ウィリアムがアーサーと交差するようにエマのもとへ走り寄る。

「いいのよ、ウィリアム。私一人で……」

「大丈夫です！　か弱さなら僕も姉様に負けませんから！」

エマの返事を聞く前にウィリアムは被せて声を張り上げる。

「何をそんな自信たっぷりに……」

言わなくていいだろう、とエマが口を尖らせる。

「これ以上、被害者を出す訳にはいかないのです‼　アラフォーの下心を変なところで振り撒かないでください！」

「何のこと？　私はただ純粋に陛下の介抱をするのに、魔物の対処法に照らし合わせて効率よく………」

ウィリアムの勢いとは逆に、エマの声はどんどん小さくなっていく。

「姉様は、ただ陛下の服を脱がせて胸筋とか、腹筋とか見たいだけでしょう？　なんならお触りしまくって、しっかり目に焼き付けて、家に帰って半裸のデッサンを描きまくるつもりでしょう？」

前世で三十年以上、今世で十年以上姉を見てきたウィリアムに、エマの魂胆は丸見えであった。

「チッ」

ウィリアムの突っ込みに、エマは伯爵令嬢らしからぬ舌打ちをする。

国王（武闘派ワイルド系イケオジ）を脱がして、体に付いた血を拭くという名目で、触りまくれるチャンスだったのに……と。

「本当に何なんだ、この世は！　狂ってる！　何で姉様ばっかりラッキースケベ案件が……」

ブツブツと文句をたれながらウィリアムはテキパキと狩人が常備している応急処置セットの中から、ガーゼや水、手袋を出す。

「あ、ウィリアム。私の手袋はいらないわ。筋肉は素手で触らないと……」

「あ゛あ゛ん？」

ウィリアムは問答無用でか弱き姉に手袋を投げつける。

「はぷっ！　もー分かったわよ、手袋着ければいいいんでしょ～……あっ！　待って、待って、ボタンだけ、ボタンだけでいいから私に外させて！」

「あ゛あ゛ん？」

妹（変態）と弟（変態）の様子を離れて見る兄のゲオルグは深いため息を吐く。

「……あっちも地獄、こっちも地獄だわ」

国王の筋肉を狙う妹と、姉ばかりにいい思いをさせてなるものかと邪魔をする弟。

エマの上目遣い＋トドメの一言で腰砕けの王子と守備範囲変わったかな、と首を傾げているアーサー。

あと、何で騎士と狩人さん達はエマの方をみて祈りを捧げているんだ？

「エマ様はテキパキ動けて凄いわね、ケイトリン？」

「エマ様はテキパキ動けて凄いわ、キャサリン！」

「私も魔物学をしっかり学んでエマ様のように困った人を助けられるようになりたいですわ」

「そうか、今後は騎士も戦うだけではなく、応急処置の知識も必要になってくるようだ」

そんな中、ゲオルグの後ろで令嬢達は、汚れのない心でエマを褒めていたのであった。

第九十一話　火が七日間って困る。

ヴゥゥゥン。

シモンズ港、帝国船内の一部屋。

床に敷かれた羊皮紙に、模様が浮かび上がる。

眩い光と共に、どこからともなく突如、一人の人間が現れた。

そして、浮かび上がった光の模様は急速に弱まり、ヴヴヴヴヴ……と途切れ途切れに点滅し始めたかと思うと、ブツンっと燃料が切れたかのように暗転する。

「チッ。もう、コレも使えないな……」

現れたのは王城にいるはずの聖女ファナだった。

この羊皮紙には、魔石をすり潰し水に溶かしたもので転移の魔法陣が描かれていた。

転移魔法陣は十年以上前に考案された画期的な技術であり、ファナもその開発に関わった者の中の一人であった。

魔法使いだけでは転移魔法の移動距離は数キロメートル程度となるが、この魔法陣であれば、使われた魔石量次第で数千キロメートル以上の移動が可能となる。

「まあ、いいか。王城に残した【出発】の魔法陣も今頃ただの紙屑だ」

転移魔法陣は一対の模様からなり、原則一方通行。

王城にあるのが【出発】。帝国船の一室に設置してある、現在ファナの足元にあるのが【到着】

の魔法陣である。

対で使うものなので寿命も一緒だ。

「貴重な魔法陣がまた一つ……いや、この任務が成功すればいくらでも作れるようになる」

帝国の魔石は底を突きかけていた。

人の国で一番広大な国土を誇る帝国は、魔石の鉱脈も多かった。

しかし、この魔法陣をはじめ様々な魔法具の研究開発を進めた結果、次々と魔石は取り尽くされ消費されていった。


この魔法陣だけでも、数百もの魔石が使われている。

「随分遅い到着ですね、ファンさ……っと、今は聖女ファナ様でしたっけ？」

イライラとした態度を隠そうともしない四人の男達がファナを出迎える。

予定では港に着いたその日に合流するはずだった。

「さっさと大砲を撃って帰ろうって話だったのに何をしていたんですか？　どれだけ待たせるつもりですか！　一日たった挙げ句、今日はもう、日が暮れるではないですか！」

部屋に待ち受けていた男達は皆、魔法使いだった。

普段は日夜魔法の研究に明け暮れる日々を過ごす、他国を攻撃するなんて役とは程遠いデスクワーカー達である。

魔法研究に必要不可欠な魔石を得るために駆り出されたものの、魔物の出現する領地へ結界魔法を施しに行ったことすらない者ばかりだ。

今や帝国は未使用の魔石の残数よりも魔法使いの人数の方が多い。

魔法使いも、数が集まれば能力の差が明確にあることが判明した。

能力の低い魔法使いは辺境、能力の高い魔法使いは帝都で研究職に就くのが一般的で、魔法使いになって以降、帝都から出たことのない彼らが神経質になるのも仕方がない。

「落ち着け。日が暮れるのを待っていたのだ」

「何故ですか⁉」

ファナは部屋にあるソファにドカッと座り、男達を宥める。

彼らよりも幾分若く見えるファナだが、指揮権は彼女にあった。

「王国は魔法使いが現れず、三十年以上が過ぎた。魔法技術は三十年前どころか百年前のものだ。つまり、王都といっても夜になれば街灯に火を灯さなくてはならない」

なんと遅れた国ではないかと、ファナは嘲笑う。

「街灯に光魔法の魔石を使ってないのですか⁉」

帝国ではどんな田舎でも、暗くなれば勝手に光魔法を溜めた魔石が辺りを照らしてくれる。

「水も井戸から汲むしかないし、料理するのも風呂の湯を沸かすのも火を熾し薪を焚べなくてはならない」

「む、昔話の世界だ……」

ファナも噂には聞いていたが、実際に暮らしてみれば不便極まりなかった。

王城で何をするにもメイドを呼び、顔を洗う用の水を持ってこさせたり、部屋が暗ければランプの用意を頼んだり、帝国では必要のない細々したことがいちいち発生した。

顔を洗う水くらい魔法で出せないこともないが、どこから水を持って来たか追及されても困る。

そのため王城では部屋内には常に諸々の世話をするために、メイドが行き来するのが当たり前で、結果、二十四時間監視されているのとほぼ同じような状態だった。

想像以上に身動きが制限されてしまい、一人の時間の確保に苦心することになった。

こいつらは来るのが遅いと文句を垂れるが、これでもなんとか時間を見つけてバレずにやってきたのだ。

「はっ。では攻撃は、街灯が灯るのを待つということですか?」

勘の良い魔法使いが、ファナの言わんとする事に気付き、目を見開く。

「ああ、夜になれば勝手に火元が増えてくれるんだ。効率がいいだろう?」

帝国軍部からは破壊は徹底的に行えと言われている。

これから放つ砲弾のいいアシストになるだろう。

街灯は王都中に灯るのだから。

ファナはニヤリと唇の端を上げた。

魔法のない王国には碌な消火設備もないはず。

上手くいけば王都は大砲と街灯の火で、七日間は燃え続けるだろう。

◆ ◆ ◆

「みたいな、こと、言ってたぞ」

シモンズ港、帝国船の隣の皇国船内。

王国滞在忍者の中でも、王国語が一番分かるモモチが潜入した帝国船の様子を、タスク皇子とヨシュアに報告する。

「酷いな……」

「…………」

タスク皇子は顔を顰め、ヨシュアはフム、と考え込む。

「決行は今夜。思っていたよりも、より急を要する展開ですね」

もう太陽は傾き、日が暮れるのも時間の問題であった。

今から避難をと言っても間に合わない。

王都には何万人もの人々が暮らしている。

何よりも【帝国が大砲を撃ってくる】と言っても……誰も信じないだろう。

他国が攻めてくるなんて誰も想定していないのだ。

『拘束しますか？』

モモチに改めて皇国語で報告を聞いた、忍者の頭であるハットリ・ハンゾウが、タスク皇子に指示を仰ぐ。

『いけるか？』

王国と帝国の問題に皇国が関わってよいものか……いや、考えるまでもない。

『はっ。聖女？　と、魔法使いが四人。水夫が各船に五十。軍人と思しき者が各船に三十……モモチの報告通りならば可能かと……』

船の大きさに反して人の数は少ない。

帝国に次ぐ大国である王国を攻めるにしては少な過ぎるくらいだ。

『それほど、大砲の威力に自信があるということか……』

ただの一弾たりとも王都に落とす訳にはいかないな……とタスク皇子はヨシュアを見て口を開く。

「ラックル！」

「なるほど、忍者が帝国軍を拘束……。あの、魔法使いの生け捕りって可能ですか？　良かった。……では四人の魔法使いはこちらの船に連れて来て貰ってもいいですか？」

ラックルだけで、複雑な内容も大体通じてしまうサン＝クロス語は本当に便利である。

「大丈夫。あ！　ヨシュア、アレ使って、いい？」

モモチが皇国へロートシルト商会が献上する箱を指差す。

「ああ、そうだな。下手なロープよりもこっちのほうがいい」

箱の中には、スチュワート家謹製のエマシルクの絹糸（ヴァイオレットの糸混紡）が入っている。

「荷物軽い、動き、易いから」

拘束するためのロープを持って行けば、その分スピードは削られる。

現地調達では強度が分からないため、不安材料が残ることになる。

エマが大事に育てたお蚕様の糸は、糸だけに軽く、糸なのにその辺のロープよりも頑丈なのだ。

『では、行って参ります』

「行ってきまーす」

しゅん……という音と共にハットリとモモチ、部屋内にはいたが姿が見えない忍者達も揃って消える。

「うーん……忍者って便利」

「やらんぞ？　ヒュー、で我慢しろ」

「残念です」

ヨシュアの独り言に、タスク皇子が釘を刺す。


有史以来、初の人間同士の戦争が始まろうとしていた。

なんの心構えもできていない王国に対し、用意周到に攻撃を仕掛けようと動く帝国。

この世界の国力は、魔法使いの数で決まる。

帝国の圧倒的な戦力を前に、立ち向かうはヨシュアと愉快な忍者達。

帝国船に積まれた大砲は、既に王都へと照準を合わせている。

大砲を無力化し、魔法使いを捕獲することができるのか。

王国の未来、王都の平和は全て、商人ヨシュア・ロートシルトの手腕にかかっていた。

◆◆◆

一方、スカイト領、魔物の出現する森。

「姉様！」

ウィリアムが姉の手首をガシっと掴み、首を振る。

国王の上衣を全て脱がし、素肌に付いた返り血も丁寧に拭き取った。

ここまですれば、目を覚ましても正気に戻っているはずだ。

「念のためよ、念のため」

「必要ありません」

「ウィリアム、私達が介抱しているのは国王陛下よ。念には念を入れて……」

「姉様、早く陛下のベルトから手を離して下さい」

「そんなっ！」

「陛下のズボンは超高級な革製です。返り血も完全に乾いていますし、血が染み込む心配もありません」

「で、でも！　万が一……」

「万が一も億が一もありません。速やかに、陛下の、ベルトから、手を離しなさい！」

「チッ……」

姉の貴族令嬢としての未来、国王のズボンの中の平和は全て、弟ウィリアムの手腕にかかっていた。

◆　◆　◆

一方、スチュワート家王都邸宅。

「平和ですねぇ」

「平和ですねぇ」

マーサは、ゆっくりと紅茶を飲む。

向かいで一緒に紅茶を飲んでいるのは門番であるエバンじいさんだ。

「でも、マーサさん。なんだか落ち着かない様子ですね？　こんなに静かで平和なのに」

エバンじいさんは不思議そうに尋ねる。

「エバンさん、スチュワート家に仕えるものなら覚悟しておいたほうがいいですよ？」

「え？」

「静かなのは、嵐の前の静けさであって、これが永遠に続くことはないのですから」

「え？　いや、まさかそんな……」

「断言してもいいです。もう、水面下では騒動は起きているでしょう。今は水の波紋が届いていないだけ」

「え？　では何故マーサさんはこんなところでお茶なんか……」

「私はもう、諦めているんです」

ふっとマーサは、空を見上げる。

どうせ、すぐに何か起こるのだ。

静かで平和な暮らしなんて、私には訪れないのだと。

◆◆◆

一方、スチュワート家王都邸宅の庭。

「にゃーあ」

かんちゃんが暇にゃーあと体を伸ばす。

「うにゃ……」

チョーちゃんがごろーんと転がり、座布団レオナルドが恋しいにゃ……と欠伸する。

一家が不在で、残された三匹の猫は退屈そうにダラダラと過ごしていた。

「にゃ！」

リューちゃんの目が光る。

「「にゃ⁉」」

それを見た、かんちゃんとチョーちゃんが、だらけていた頭を上げる。

リューちゃんの目が光る時。

それは先見をした時である。

「にゃ?」

何を見たの? とかんちゃんが尋ねる。

「にゃー?」

何か面白いこと起こる? とチョーちゃんが尋ねる。

「にゃーにゃ、にゃあ!」

リューちゃんの答えに、かんちゃんとチョーちゃんの耳がピンっと立つ。

「「にゃっにゃぁー!」」

猫達はご機嫌な様子で空を見上げた。

因みに……。

訳:リューちゃん「今夜のご飯は、猫缶よ!」

訳:かん&チョーちゃん「やったぁー!」

皇国から届けられた猫缶は、ロートシルト商会により無事にスチュワート邸へと届けられた。

スチュワート家の邸宅では、多くの使用人達が有休消化中である。

コック不在の中、調理の必要のない猫缶は、住み込みのマーサとエバンの手によって、猫達の晩餐として出されることが決まっていた。

リューちゃんの先見は覆らないし、何を先見するかは選べない。

◆ ◆ ◆

「ふぅー……」

ソファに座ったファナは大きなため息を吐く。

足を開き、だらんとしたその姿は令嬢とはかけ離れたものだった。

「おい、酒はあるか?」

更に、ファナの口から令嬢なら絶対言わないであろう言葉が出る。

「え? こんな大事な時にですか?」

部下である魔法使いは、その似つかわしくない姿や言葉使いには言及しない。

「大事な時だからこそだ。さっさと持ってこい」

王城ではファナは未成年の令嬢のふりをしなくてはならず、常に緊張していた。

最近は特に監視の目が増え、与えられた自室でも気を抜けず、神経をすり減らす日々であった。

やっと今日という日まで、漕ぎ着けたのだ。

ほんの少しの解放感に浸ったっていいではないか。

ファナの疲れた様子に直属の部下である魔法使いは、それ以上何も言わずファナの望むままに、酒の用意をした。

コルクを抜き、慣れた手付きで真っ赤な液体をグラスに注いでやる。

「……どうぞ」

瓶(びん)のラベルを確認(かくにん)したファアナの目が光る。

「ほう、これはこれは、なかなかの上物ではないか。帝国も奮発したものだ」

注がれたのは魔法使いであっても、簡単には手に入れられない年代物のワインだった。

この計画が、帝国にとってどれだけ重要なものかをワインが物語っているようで、無駄(むだ)に圧を感じる。

「まあ、それだけのことはせにゃならんということだな……」

ファアナは昔から、ワインが好きだった。

単に味だけでなく、色や香(かお)り、歴史に至るまで知れば知るほどに深く飽(あ)きることがない。

そんな、時代もあった。

「っっ！　……クソっ！」

そんなファアナの唯一(ゆいいつ)ともいえる趣味(しゅみ)を嘲笑うかのように、体がワインを前にすると勝手に動いた。

ゴクゴクと喉(のど)を鳴らし、炎天下(えんてんか)の肉体労働後に飲む水が如(ごと)く、高かろうが安かろうが飲み干してしまうのだ。

このたった一口が、銀貨数枚分の価値があるワインだとしても関係ない。

「ゴクゴク、ゴクゴク……ぷはぁ……。うう、また、体が勝手に……」

手にはすっかり空になったグラスが虚(むな)しく残る。

「ファナ様。何度試しても無駄だったではありませんか。本能や欲といった部類は体の記憶の方が強いのです。ましてやあなたの体は魂が一度離れた器に無理やり別の魂を入れているのだから、なおさら制御は難しいでしょう」

　部下は空になったグラスに、再びワインをたっぷりなみなみと注ぎ、諦めましょうと憐憫の眼差しを送る。

　香りを楽しむために残すグラスの余白も、今のファナには不要だった。

　今の体が欲するのは量であって質ではない。

　じっくりとワインを楽しんでいたかつてのファナが最も軽蔑する飲み方を、意思とは関係なく、毎度抗う余地なく強いられるのだ。

「多少、若返りはしたがこれだけは嫌になる……」

　しかもこの体、腹立たしいことに飲んでも飲んでも一向に酔わない。

　一体どれだけ飲めばほろ酔い状態を楽しめるのかと、試したこともあったが、先に財布の方がギブアップした。

　あの日、あの時、あの事故さえなければ……。

「……あいつらは連れて来ているのか？」

　瓶が空になる頃、ふと思い出した様にファナが部下に尋ねる。

「ええ。彼らは我々なしでは生きてはいけないですから。先程決めた砲撃開始の時間も伝えてあります。あんな姿でも魔法使いですからね、仕事はしてもらいます」

部下は眉間に皺を寄せつつも、時間の問題ではありますが、彼らの存在は今のところは隠し通せています、と声を落として報告する。

「はぁ、ならいい。わしもあいつらよりはマシだったと思うしかない。そろそろ暗くなってきたな……外に出よう」

ファナは重い腰を上げる。

「はぁ……」

王城に攻撃を仕掛ける時間が近づいていた。

長い期間準備していた計画が、ついに執行されるのだ。

かといって意気揚々と遂行に向かうなんてことはない。

ファナの吐くため息も、足取りも、気持ちも全部重い。

本当は、許されるなら投げ出したかった。

帝国の命令が絶対なのは、分かっている。

が。

これからファナの命令で人が大量に死ぬことになる。

酒でも飲まなければやっていられないではないか。

狙いは王城。

大砲の精度を考えれば、砲弾はその周辺にも容赦なく降り注ぐだろう。

王都の中心部は火の海となり、砲弾の雨の中、王都に住む者は為す術もなく逃げ惑う。

そんな地獄のような光景が、容易に想像できる。

魔法で人を殺すなんて、本来あってはならないことだ。

力は、魔法は、人々を守るためにあると、ずっとそう教えられ、教えてきた。

それが、今は……。

どれだけ威勢のいい活を入れ、部下に命令しようが根っこのところでやりたくないと思ってしまう。

ファナは魔法使いだが人間だ。

人が己の利益のために人を攻撃する、そんな時代になってしまった。

「ファナ様？」

部下の顔も不安と緊張からか、青ざめている。

「行くぞ」

帝国が世界各国からかき集めたお陰で、魔法使いは増えた。

だが増えた分、増えただけ魔石は減った。

魔法具の研究も格段に進んだ。

だが進んだ分、進むだけ魔石は減った。魔石は魔法の増幅と貯蓄をする性質がある。

特に結界魔法には欠かせないアイテムなのだ。

魔石がなければ、魔法使いは辺境で消耗するまで結界魔法をかけ続けるだけの存在になり、すぐに果ててしまうだろう。

魔力を最後の一滴まで絞り出して果てるか、出現した魔物に喰われて果てるかの二択である。

結界なしでは人間は生きられない。

それは、栄華を極めた帝国であっても同じである。

帝国のために、我々魔法使いのために、王国には犠牲になってもらわねばならない。

この世は所詮、食うか食われるか弱肉強食の世界なのだ。

「あ……えっ？　え……？」

「どうした？」

扉を開けたまま、部下が固まっている。

「誰も、いません」

「は？」

魔法使いには帝国軍の護衛が常についている。

それは護衛というよりも監視が目的だった。

他国から売られるようにやって来た魔法使いが逃げないように、帝国生まれの魔法使いも過酷な環境から逃げ出さないようにと常に監視されていた。

「こんなこと、初めてです」

部下は、ワインを取りに行った時、部屋の前に仰々しく軍人が立っていたのを見ていた。

にもかかわらず、その普通にいるはずの軍人が今、一人もいないのである。

「ファアナ様、軍人どころか、水夫も他の魔法使いもいな……ムモゴっ！」

ダンッ。

「おい！」

ファナの目の前にいた部下が、突然床に突っ伏した。

誰かに押し倒されたかのような倒れ方だったが、肝心のその誰かは見当たらない。

「は？　これは……一体……？」

ダンッ。

部下に続き、ファナの体も何者かによって倒される。

が、やはり姿は見えず誰もいない。

「お、おい。だっ誰……ムモゴ⁉」

どんなに目を凝らしても、誰もいない。

誰もいないのに、ファナの体にはみるみるうちに糸が巻き付けられ、叫ぼうにも口までもがその糸で塞がれてしまった。

「むー！　むー！」

声ならぬ声を上げても、助けてくれる者はいない。

体は糸でぐるぐるに巻かれ、思うようには動かせなくなった。

そして、シュンっと音がしたかと思うと、突然視界がぐにゃりと歪み、おかしな耳鳴りと目眩がファナを襲った。

暫くして、ぐにゃぐにゃの景色がヒュンヒュンと瞬く間に変わることで高速で移動しているのだと気付いたが、体は糸でガチガチに拘束されており、抵抗しようにも動けない。

体に巻き付いているのは極細の普通の糸に見えるのに、どうやっても動かない。

糸に魔力は感じられず魔法ではないようだが、ならば一体これは何なのだと余計に混乱する。

ドサッ。

「！」

打ち付けられるように体に受けた衝撃と頬に硬い地面を感じ、見えない襲撃者のアジトらしき目的地に着いたことを悟る。

体はやはり動かず、床に投げ出されたままに倒れているしかない。

「「「むー！　むー！」」」

複数の声ならぬ声に何とか動く首を向ければ、目の前で倒された部下と他三人の魔法使いが同じように口を塞がれ、体を拘束されて転がっていた。

こんなにあっさりと魔法使いが拉致られるとは……帝国の軍人達は何をしているのだ？

普段はぴったりくっついて離れないクセに肝心なときに役に立たない。

「おや、誰かと思えば聖女ファナ様ではありませんか？　このようなところでお会いするとは驚きです」

拉致犯らしき者の声が、頭の上の方で聞こえる。

高速移動の余韻でグラグラする頭、動かない体に苦心しながら何とか顔を上げると、正面にうっすら見覚えのあるそばかす顔があった。

「むー！」

記憶が正しければ、あれは……たしか学園の生徒だったはず。

学園の生徒が拉致犯だとしたら、いよいよ意味が分からない。

ってか、そもそも、ここはどこだ？

微かに部屋全体が波に揺れていることから、船内であるのは分かるが明らかに帝国の船とは違う。

いや、それどころか王国のものでもなさそうだった。

部屋の内装が全く見たことのない仕様で溢れている。

他国との交流が盛んな帝国民であるファナが、床の素材すら全く見当がつかない国なんてあるだろうか。

天井は王国の王城でも見ることのなかった魔石を使った魔法具の灯りが惜しげもなく使われており、日が暮れる時間帯だというのに、室内は昼間のように明るい。

「困りましたね。教会がお認めになった【王国の】聖女様が、何故帝国の船におられたのでしょうか？　王城からどうやってシモンズ領まで来たのですか？　客人扱いのファナ様は長距離の外出は王妃陛下の許可が必要では？　国王陛下が城を空けている時にそんな許可が下りるとは思えないのですが、不思議ですね」

さして困った表情も驚いた様子もなく、そばかすの少年はポーズといわんばかりに首を傾げている。

「むー！」

まずい、この少年はファアナを知っている。

聖女という立場も、この船が帝国と関わりがあることも、ファアナがここにいるのが不自然なことさえも全て知られている。

嫌な予感に、冷や汗が背中を伝う。

まさか、あの計画まで……？　いや、落ち着け。

人からこの計画が漏れることはない。

計画を知っている者は制約の魔法で口外できないようになっている。

貴重な残り僅かな魔石を使って、情報が漏れないように魅了魔法で言論統制までしたのだ。

そして、この計画を自力で突き止めることは限りなく不可能に近い。

国が国を攻撃するなんて、そんな無茶苦茶な考えを持つ者は、この世界の人間にはいない。

優秀なスパイが帝国の現状を細部まで把握できていたとしても、余程の天才でもない限りはこの発想に至ることは絶対に、ない。

前例がないことは、誰も想像のしようがないのだから。

そんなものに確信を持って対処するなんて、余程の天才である上に並外れた行動力に、武力、危機管理能力まで網羅した超人でないとできない。

そんな奴が、こんな日に、こんな時、こんな場所にいてたまるか。

「申し訳ないのですが、聖女様であっても拘束を解くことはできません。船に載せた大砲を撃たれては困りますからね。魔法使いもいるようですし、ここから王城まで砲弾の飛距離を延ばしたりされても困りますし……」

「むー‼」

いた。余程の天才、ここにいたわ。もうこれ、超人だわ。

全部、バレてるし全てを見抜かれていた。

だが、問題はない。

所詮は王国人、三十年以上魔法使いを知らない奴らだ。

魔法がどういうものか、分かっていない。

ファナは部下である魔法使い達に目配せする。

何のことはない。

体が拘束されていようが、口を塞がれ声を出せまいが、魔法は使えるのだ。

そんなことも知らない魔法後進国である王国人に端から勝ち目はない。

こんな糸なぞ、魔法で簡単に解け……解け……解けっ……と……け？

「む？　………む？　むー？」

解けなかった。

「む？」

「「「むーむーむー‼」」」

解けないのはファナだけでなく、部下達も同じで、皆、焦ったように首を横に振っている。

魔法が使えない……だと？

我々が魔法が使えなくなる理由は一つしかない。

魔法使いの魔力切れだ。

だが今日は砲弾を飛ばすために、最低限の魅了魔法に留め、魔力はしっかり温存していた。

魔力が切れるはずがない。

その証拠に、自身の体の中にたっぷりと魔力があるのを感じるのだ。

それなのに魔力を発動する道が何かに阻害されている。

初めての感覚だった。

何とかしようにも【何に】阻害されているか全く分からない。

「僕としましては、物騒な大砲は港に下ろして帝国の方々にはこのまま穏便にお帰り頂き、このような目的では二度と来ないでもらいたい、と思っているのですが、ご賛同してもらえますでしょうか？」

困惑するファナに対して、この部屋に入り切らなかっただけで水夫も軍人も拘束済みですよ、とそばかすの少年は余裕の笑みすら浮かべている。

「む、むー!!」

そんなバカな。

気が進まない計画とはいえ、ここまで周到に準備を進めてきた。

大砲の設計から魔法使いの訓練、砲撃時の衝撃に耐えるように船の大規模な補強工事もした。

金も、人手も、魔石もかなり費やした、壮大な計画だぞ？

はい、そうですかとおいそれと帰れるものではない。

戦果なく帰れば間違いなくファナも、部下の魔法使い達も辺境送りとなる。

ここにいる魔法使い達はファナも含め、研究開発機関で働いていた。

そこで生み出した魔法技術が帝国を唯一無二の豊かな国にしたと言っても過言ではない。

それが今はもう、昔ほど重宝されてはいない機関となってしまった。

研究のために使う魔石も、開発のために使う魔石も捻出できないほど帝国の魔石は枯渇していた。

「ああ、僕としたことが。お口を塞いだままでは答えようにも答えられませんよね？」

そばかすの少年が内ポケットから象牙色の小さなナイフを取り出し、ファナの口を塞いでいた糸を切る。

どうやっても解けなかった糸が、いとも簡単にハラリと落ちた。

「はっ……？」

「……おや、ファナ様？　お酒を飲まれましたか？」

糸を切るのに近付いたそばかすの少年は確かめるように、一度スンっと鼻をひくつかせる。

「は？」

「この香りは……もしや帝国のオルダー地域で毎年極少数しか生産されない、シャトー・ランカフェの幻の赤ワインではないですか？」

直前に一瓶まるごと飲み干したファナは、それなりに酒臭くなっていた。

だとしても、異次元過ぎはしないか？

帝国のワインの産地は各地に散在しており、他国と比べてとにかく数が多いことで知られている。

産地それぞれに歴史があり、蘊蓄があり、ロマンがある。

帝国で、一度ワイン沼にハマった者は、知識の渦の中で溺れて二度と浮上できないといわれるほどだ。

酒を飲めるかも怪しい年頃で、帝国の知る人ぞ知るマイナーな産地を、少年は香りだけで当ててしまった。

少なくともファナが知るワイン愛好家の中で、そんな芸当をやってのける者はいない。

こんな場面でなければ、大いにワイン談義に花を咲かせたいところである。

「…………」

が、今は何も話さないのが賢明だろう。

めちゃくちゃワイバナ（ワインの話）したいのは山々なのだが今じゃない。

不利な状況において、口を開くのは愚か者のすることだ。

「だんまりですか？　まあ、既に王城へ報告と騎士団の要請も済ませています、あと数刻もすれば王国騎士団も到着するでしょう。僕みたいな一般庶民はこの辺りで引くことにします。事情聴取は専門家にお任せするとしますかね」

分かりやすく口をつぐむファナを見ても、そばかすの少年に焦る素振りはない。

ファナは、魔法使い五人（ファナ含む）に帝国の誇る軍人達、更に屈強な水夫を速攻で制圧できる一般庶民なんている訳ないだろ、と突っ込みを入れたくて仕方がなかったが、ぐっと我慢する。

なぜなら、そろそろ砲撃の予定時刻だった。

ファナは微かに笑みを溢す。

「？　何がおかしいのです？」

その微かな表情の変化を見逃さない少年、絶対に一般庶民ではないと思う。

「ふふふ」

うつ伏せに拘束されたファナの視線の先には、あいつがいた。

あいつは頬が床についた状態のファナと目が合うと、緊張した面持ちで頷いた。

そこには、うっかり虫か何かと間違えそうなほど異常に小さい、親指の先ほどしかない人間が立っている。

「なっ⁉」

あまりにも小さい親指人間に、さすがのそばかすの少年も驚きの声を上げる。

少年が気付いたとしても、もう遅い。

あいつも魔法使いなのだ。

しかも、突然ファナの前に現れたことで、この場でもあいつだけは魔法が使えるのだとファナは気づき、勝利を確信する。

親指大の魔法使いは、真っ直ぐ天を指差し甲高い声で叫んだ。

「ドーン！」

ドーン！

その親指大の魔法使いの甲高い声に合わせたかのように、ぴったり同時にドーンと大きな爆発音がした。

「そんなっ！」

そばかすの少年が、爆発音がした方向を見る。

窓のない船室だが、ファナはそばかすの少年が向いた方に帝国船があると確信する。

忍者の働きにより、帝国船は完全に無人であった。

それにもかかわらず帝国船に積んだ大砲が、勝手に王都へ向けて砲撃を開始したのである。

◆　◆　◆

その頃……スチュワート家の猫達は、晩御飯の猫缶絶賛堪能中であった。

あうわうわう。

あうわうわう。

あうわうわう。

「にゃにゃ！」

やっぱり猫缶は最高にゃ！　とかんちゃん。

「にゃんにゃー！」

猫缶も美味しいけど、僕は○ゅーるが食べたいにゃー！　と、チョーちゃん。

「うにゃーんにゃ」

「「にゃっにゃーん！」」

今日はマグロ味だったけど、明日はササミ味が出るにゃ、とリューちゃんが息子達に翌日の晩御飯のメニューを先見して教えてやる。

かんちゃんとチョーちゃんは、楽しみにゃーん！　と食後の嗜みであるお顔の毛づくろいをしながら、ササミ味に想いを馳せている。

平和である。

「みゃ、ぬにゃ？」

つやつやの毛並みの二匹を見て、あら、あなた達太ったんじゃない？　と、リューちゃんが顔を洗っていた前脚を止める。

「「うにゃにゃにゃ……ぬにゃ⁉」」

そんな訳……とかんちゃんがチョーちゃんを、チョーちゃんがかんちゃんを見て……二匹揃ってカッと目を見開いてから、あるかもにゃ⁉　と驚いている。

真っ黒でシュッとしたスタイルを誇るかんちゃんのお腹が、心なしかもっちりして……見えなくもない。

真っ白でもっふもふだが、毛が濡れてしまえば体積半減のほっそりボディを誇っていたチョーちゃんの首にあるチョーカーが、心なしかキツキツになっているように……見えなくもない。

「うにゃにゃー？」

ご飯の量はいつも通りだったはず。

ゲオルグとレオナルドが不在のために圧倒的に【遊び】分のカロリー消費が追いついていないのが原因かにゃと、リューちゃんが分析(ぶんせき)する。

ウィリアムはのんびり本を読むことが多いので、仲良しのリューちゃんは隣でゴロゴロ寝(ね)ているから、ウィリアムが不在でも運動量は変わらない。

リューちゃんは定期的に、先見の能力を使うので息子達と同じ量を食べていても、カロリーの消費はできているのである。

ゲオルグとレオナルドは早朝から魔物狩(が)りの特訓をするし、かんちゃんもチョーちゃんもそれに積極的に参加していたので、彼らが不在のここ数日は運動不足気味だった。

「にゃ……」

「にゃ……」

僕、太ったのか……と、かんちゃん。

このままではゲオルグにブタ猫呼ばわりされてしまう。

ブタさんには悪いが、それだけは絶対に嫌だ。

ある日突然ご飯がダイエットフードに変わるのは避(さ)けたい。

僕、太ったのか……と、チョーちゃん。

このままではパパさん（座布団）の肋骨(ろっこつ)（スプリング）が粉々になってしまう。

それはちょっと嫌だ。

「にゃ！」

「にゃ！」

ちょっと庭走ってくる！　と、駆け出すかんちゃん。

今日から縄張りの見回り回数増やす！　と、チョーちゃんもかんちゃんを追いかける。

「にゃんにゃ……」

仕方ないわねぇ……と、リューちゃんも二匹を追って庭へと向かった。

◆　◆　◆

カサカサ！

スチュワート家の敷地内、ウデムシの住処になっている洞窟。

ウデムシ達は晩御飯を食べ終わって寛いでいた。

「にゃーん！」

そこへ、猫達が食後の運動のお誘いにやって来た。

カサカサ！

「うにゃーん！」

チョーちゃんがスチュワート家の使用人達は有給休暇中だから、お庭行こう！　とウデムシ達をグイグイ洞窟の外へと押し出す。

ウデムシ達はそのフォルムと巨体ゆえに、スチュワート家従業員組合（主にマーサ）から人目につかないようにと要望が出され、現在の洞窟に住むようになっていたのだ。

「にゃー？　にゃーん！」

洞窟に籠もりっぱなしだと気が滅入るでしょ？　たまには歩脚を伸ばしなさいな！　と、リューちゃん。

（カサカサ……）

（カサカサ……）

自分ら好きで洞窟にいるんスけど……。

快適ジメジメ空間最高なんスけど……。

と、ウデムシ達は思ったが、出会ったその日から猫達には逆らうなと本能が警告し続けているので素直に従うしかない。

「にゃ！」

カサカサ！

「にゃにゃ！」

カサカサ！

「うにゃーん！」

カサササーン！

とはいえ、ウデムシ達も体を動かすのは楽しい。

猫達は脚が四本しかないのに動きが素早く、ウデムシ達が鬼ごっこで捕まえるのは、至難の業である。

カサカサ！

カサカサ！

カサカサ！

数の利を活かし、鬼になったウデムシ達は連係してかんちゃんを囲んでゆく。

「にゃにゃにゃ!?」

「ぬ、にゃ！」

囲まれたにゃ!?、と、かんちゃんがキョロキョロと周りを見回す。

あ、あれは猫缶の陣だにゃ！　と、チョーちゃんがウデムシの巧みな陣形に感心する。

カサカサ！

かんちゃんを囲んだウデムシ達は、その距離をジリジリと縮めて来る。

「にゃ、にゃにゃい！」

やるな……だが、まだ甘い！　と、かんちゃんが天を仰ぐ。

ウデムシなんか飛び越えればいい。

カサカサ！

させるかぁ！　と、ウデムシ達も負けずに第一歩脚を天に向かって伸ばして対応する。

が、その時、突然リューちゃんの目がぺかーっと光った。

「「にゃにゃにゃ⁉」」

カサカサ⁉

何事⁉　と、かんちゃん、チョーちゃん、ウデムシ達。

「にゃんにゃ、にゃにゃにゃにゃ」

なんか飛んで来る……と、リューちゃん。

「「にゃにゃ？」」

何かって何さ？　とかんちゃん、チョーちゃん。

「うにゃにゃ〜、にゃ！」

何か分からない何かにゃ！　先見で全てが分かる訳ではないもの！　と、リューちゃん。

「にゃにゃんにゃ！」

分からないなら捕まえるにゃ！　と、かんちゃんが目を輝かせる。

「にゃーん！」

飛んで来るならもっと見晴らしのいいところに、行くにゃーん！　と、チョーちゃん。

カサカサ！

お手伝いします！　と、ウデムシ達も乗り気である。

そこへ、遠くの方からドーンと花火のような音が聞こえた。

「にゃ？」

ピンっと耳を立てて音の方向を確認し、かんちゃんが走り出す。

「にゃ？」

飛んでくるっとチョーちゃんもかんちゃんを追う。

「にゃにゃーにゃあ！」

何が飛んで来るか分からないから気をつけなさいと一声鳴いて、リューちゃんも二匹を追いかける。

カサカサー！

ウデムシ達（大群）も猫の後を追う。

スチュワート家の庭を猫と虫（大群）が、超スピードで縦断する様は、世にも異様な光景であった。

奇しくも、花火のような音が聞こえたのが日が暮れてからだったことが、ウデムシを救うことになった。

視界の開けた真っ昼間に、屋敷に留守番で残っていたマーサが見て耐えられる光景ではなかったのだから。

◆　◆　◆

「はっはっは！　よくやった！」

ファナは縛られたまま歓喜する。

気の進まない計画も、失敗してはこちらの身が危険となる。

王都の人命より、己の命が可愛いのだ。

「あー……撃っちゃいましたか」

そばかすの少年は砲撃の衝撃音にキーンとなる耳を押さえて呟く。

「はっ。見え見えのやせ我慢は見苦しいぞ。少年、これで王都は火の海だ！」

どこからどう見ても悪役な台詞を吐くファナ。

「あまり大きな声は控えてもらえますか？　まだ耳がおかしい……」

少年はぷるぷると首を振って耳の具合を確かめている。

「バカめ！　耳の心配なぞ……分かっているのか？　何も罪のない王都の人々がまさに今、大砲の餌食になっているということを。お前の住む家が、通っている学園が、炎に包まれているかもしれない。ああ、親も、友人も生きてはいないかもな！　生きていたとしても、瓦礫の下で苦しんでいるかもしれない。全てはお前の油断が招いたことだ。お前は失敗したんだよ！」

ファナは少年が負うには、重すぎる呪いの言葉を吐く。

この少年はここで潰しておかないと、後々帝国に害を及ぼす可能性が高い。

自分でも吐き気のするくらい劣悪な言葉をわざと選んでは並べ立てる。

「いえ、大砲を撃てと指示したのはファナ様、貴女ですし、実行したのはそこの……ちっこい人です。僕は関係ないです。もし王都が火の海になり、大量の善良な罪もない人々が死んだとしたなら、それは指示したファナ様と、そこのちっこい人が確固たる意志で、お二人の判断と責任のもとで行った結果です。王都には生まれたばかりの無垢な赤子も、夢を抱いて頑張っている若者も、優しい店主やお針子、面倒見の良い絵描きも、小さな子供達もいたのに、あなた達が意図的に彼らの未来を奪ったのです。はぁ……。なんて残酷な……。こんなこと、僕なら到底耐えられません。あの大砲でどれだけの家族が、恋人が、友人が死に別れることになるか……。なんて、恐ろしい……」

「ふぐっ！」

そばかすの少年からのカウンターがえげつない。

少年に投げた呪いが、数倍となって返ってきた。

メンタル鋼か何かか？　この少年。

「フ、ファアナ様……」

親指大の魔法使いが、少年のテクニカルカウンターで、ズタボロにされた良心が痛むのか、胸を押さえ、真っ青な顔で不安そうにファアナに視線を送ってくる。

「ば、馬鹿者！　さっさと次の大砲を撃たんか！」

船にいた軍人達も捕まっているなら、ここで主導権を握っておかねばならない。

王都を完膚無きまでに叩きのめして破壊しておけば、そうそうこちらへ援軍も寄こせなくなる。

「で、ですが……。ひ、人が、いっぱい……しっ……死ん……」

ファアナの部下である魔法使いは皆、研究職でこういった荒事には慣れていない。

人を傷つける覚悟なんて持ってないのだ。

親指大の部下は、少年の言葉に分かりやすく狼狽えている。

「命令だ！　やれ！　死ぬのはお前とは関わりのない王国人だ。やらねばこちらがやられるのだ。お前の年老いた親も、妹も、今、お前が撃たねば同じ目に遭うと思え！」

　頬を床につけ、縛られたままの姿でファナは部下を恫喝する。

　相変わらず、糸はびくともしない。

　しかし、分があるのは間違いなくこちらだった。

　人員の殆どが拘束されていたとしても、砲撃準備の整った大砲と、それを撃てる魔法使いがいる。

　視界の悪い夜に飛んでくる砲弾を防ぐ術など、王国にはない。

　砲撃で崩れた瓦礫の下敷きになった人を救う術も、燃える都を素早く消火する術も、魔法使いのいない王国にはないのだ。

「う、うわぁぁぁ！　どっ………ドーン！　ドーン！　ドーン！　……」

　部下の魔法使いは狂ったように泣き叫び、大砲を撃ち続けた。

　失敗すれば家族の命はないと言われては抗えない。

「いや、罪のない一般人にまで無差別で攻撃とか……王国人はそんな酷い、最低なことはしませんよ？　知っているとは思うのですが、あなたの砲撃で攻撃されている方達にも、年老いた親や、可愛い妹といった、大切な家族がいるのです。あなたが撃たなければ皆生きていただろうに……」

「ああああ！　ドーン！　ドーン！　ドーン！　……」

　親指大の魔法使いは、泣くほどやりたくないのに己の心を犠牲にして、魔法で砲撃をするしかなかった。

そんな彼に、そばかすの少年は憐憫の眼差しを向けるものの、その口からは容赦のない追い打ちの言葉を紡ぎ出している。

攻撃されているのは少年の国で、攻撃しているのはこちらだというのに、どこからそんな余裕が生まれるのか……フアナは理解できなかった。

ヨシュアは知っていた。

シモンズ港から王城を狙った場合、必ずとある屋敷の上空を通過しなくてはならないことを。

その屋敷には、皇国を滅亡寸前にまで追い込んだオワタの攻撃をも難なく防いだ、王都……いや、世界一のホームセキュリティがいるのである。

◆　◆　◆

カサカサ！

暗いのは好きですが、こんなに日が暮れてしまっては何が飛んでくるか見えないです！

走る三匹の猫の後ろを追いかけながら、ウデムシ達が心配の声を上げる。

「にゃ！」

心配ないにゃ！　と、かんちゃん。

「うにゃーん！」

猫は夜目が利くにゃーん！　と、チョーちゃん。

「にゃにゃ！」

まあ、見えなくてもなんか勘でイケるでしょ！　と、リューちゃん。

カ……サ……？

か……ん……？

ちょっと何言ってるか分からない、とウデムシは空を見上げる。

カサ⁉

カサカサ！

なんか来る⁉

なんかこっちに来てる……ような気がする！

オワタ討伐(とうばつ)の為(ため)の修行(しゅぎょう)の成果か、リューちゃんの言う勘が働いてしまうウデムシ。

「にゃっにゃ！」

そうそう、考えちゃ駄目(だめ)にゃっ感じるにゃ！　と、リューちゃんがお馴染(なじ)みの拳法(けんぽう)の達人みたいなことを言う。

「にゃ……にゃう？」

でもあれ……ちょっと高すぎて届かないかも？　と、走りながらチョーちゃんが鳴く。

さすがの猫達のジャンプ力をもってしても、飛んで来る物体Xは遥(はる)か上空で届きそうにない。

「にゃにゃ！　……にゃ？」

諦めたらそこで試合終了(しゅうりょう)にゃっていつもゲオルグが言ってるにゃ！　と、かんちゃん。

そこへ、走っているかんちゃんの前方に障害物が見えてくる。

「にゃ……にゃ、んにゃ……」

こ、これは……にゃ、にゃんて絶妙な位置にトランポリンが……！　と、チョーちゃんが驚きの鳴き声を上げる。

障害物の正体は、猫が遊ぶおもちゃだとヨシュアが少し前に持って来た、トランポリンだった。

アーマーボアの革が張られた特別に頑丈なやつ。

そのトランポリンは、チョーちゃんが言うように、飛んでくる物体Xを捕まえるのにびっくりするくらいめちゃくちゃ絶妙な位置に設置してあった。

「にゃあ！」

これなら、イケる！　と、かんちゃんがトランポリンを使って物体Xを狙い、高く飛び上がる。

アーマーボアの革の反発力で、かんちゃんは一気に物体Xが飛んでいる高さに到達する……が、

「にゃ⁉」

上手く物体Xの前に飛び上がって、そのままキャッチする寸前でかんちゃんのおヒゲがビリっと警戒して鼻がヒクっと動いた。

火薬のにおい？　……これ、掴むの良くない！

本能というか勘で瞬時にかんちゃんは物体Xのキャッチを諦め、無音の猫パンチに切り替える。

「にゃにゃっにゃ、にゃんにゃーわん‼」

アタック、ニャンバーワン‼　と、かんちゃんの無音の猫パンチもとい、超強力スパイクを物体

Xにお見舞(みま)いする。

「にゃ⁉」

「にゃ⁉」

カ、サッカサ⁉

王城へ向かって綺麗(きれい)な放物線を描いて飛んでいた物体Xは、かんちゃんのアタックでスチュワート家の庭へ真っ逆さまに落下する。

嘘(うそ)⁉　と、下にいたチョーちゃんが頭を前脚で覆(おお)って伏(ふ)せる。

コッチに来る⁉　と、下にいたリューちゃんも頭を前脚で覆って伏せる。

に、にっげろ⁉　と、下にいたウデムシ達が蜘蛛(くも)の子を散らすように散り散りに逃げるが間に合わない。

物体Xが地面に当たった瞬間、大爆発して、地面が微かに揺れた。

「にゃ、にゃ！」

びっくりしたにゃ、かんちゃんコッチに落とすなら先言って！　と、チョーちゃんが文句を言う。

この世界の砲弾は金属の塊(かたまり)を放つのだが、王都を火の海にせんと開発された特別な砲弾は、着弾した際に爆発するように設計されていた。

砲弾が落下したのはチョーちゃんの近くだった。

普通なら文句なんて言っている場合ではないのだが、猫もウデムシも何故か無傷である。

と、いうのも不思議なことに砲弾の着弾による衝撃の類は、地面が微かに揺れたのと爆風で髭(ひげ)が揺れたくらいで、音が聞こえなかったのだ。

「にゃにゃっにゃー、にゃにゃにゃ！」

リューちゃんがキョロキョロと辺りを見回すと、オワタの破片を材料に使って作った筒状の建物、通称オワッタワーからもくもくと煙が出ていた。

あの中に落としたのね、びっくりしたにゃ！　と、リューちゃんは安堵のため息を吐く。

皇国を悩ませたとんでもなく硬い植物魔物でできた塔は、帝国の砲弾の衝撃にもビクともしていない。

しかも、防音効果まであった。

「ににゃーにゃ！」

だってあれ掴んでたら、ちょっとおヒゲ燃えたかもしれなくて……と、たしんっと着地したかんちゃんは、チョーちゃんとリューちゃんに謝る。

カサ？　……カサ？

え？　おヒゲ燃えるだけ？

ほうぼうに逃げていたウデムシ達が、かんちゃんの言葉にドン引きする。

「にゃ！　にゃーん！」

でも！　これめちゃくちゃ楽しかった！　と、かんちゃんは煙が収まりつつあるオワッタワーを見上げる。

「にゃーん」

かんちゃんだけ遊んでずるい、もっと飛んで来ないかなーっと、チョーちゃんが砲弾が飛んできた方向に催促（さいそく）するように鳴く。

「にゃにゃ！」

もし、次に飛んできても、ちゃんとオワッタワーに落とすのよ？　じゃなかったら危ないからと、リューちゃんがかんちゃんとチョーちゃんに注意する。

カサカサ！

頑丈に作ったかいがありました！

と、ウデムシ達は得意気に胸を張る。

「うにゃ、にゃ？」

「にゃっにゃ……」

ところでさっき、一回わんって言わなかった？　と、チョーちゃんが、かんちゃんを見る。

きっ気のせいにゃ……と、かんちゃんが、やや気まずそうに視線を逸（そ）らす。

「にゃ？」

ホントに？　と、チョーちゃん。

「にゃ……にゃにゃ……」

ほ、ホントにゃ……とかんちゃん。

そこへ、先程と同じ方向からまた、ドーンと音が聞こえた。

しかも、それは一回ではなく……。

「にゃ！　にゃにゃ！」

またドーンって聞こえた！　いっぱい来るにゃ！　と、チョーちゃんが次々に聞こえてくる砲撃の音に耳を澄ませる。

「にゃにゃ。にゃーにゃ！」

あら、たくさん来るわね。

ウデムシ達、これで飛ばしてあげるからあなた達も遊びなさい！　と、リューちゃんがヨシュアが持ってきたもう一つのシーソーみたいな遊具を示す。

カ……サカサ!?

えっ遊ぶ？……じ、自分らもやるんスか!?　と、ウデムシ達は後退りする。

「にゃん！」

もちろん。狙いは任せなさい！　と、リューちゃん。

カサカサ……。

ウデムシ達は猫には逆らわない。

リューちゃんに鳴かれるがまま、素直にシーソーみたいな板の片側へとカサカサと移動し、一列に並ぶ。

「にゃ、にゃーん？」

こ、これは、ちゅ○るの陣だにゃ？

一列に並んだウデムシを見たチョーちゃんが、嬉しそうに鳴く。

カサカサ……。

ウデムシとしては、断頭台に上がる死刑囚の気分で並んでいるだけである。

「うみゃあ？」

ガコン、ガコン、ガコン……。

今夜は退屈しなくて良かったわね？　と、リューちゃんがウデムシ達を問答無用で飛ばしながら、かんちゃんとチョーちゃんにも行ってこいと鳴く。

「にゃぇーい！」

「にゃぇーーい！」

イエーイ！　と、かんちゃんがトランポリンに飛び込み、チョーちゃんもあとに続く。

猫達は肉球スパイク、ウデムシ達は両の第一歩脚を合わせて振り下ろすダブルスレッジハンマーで次々と来る砲弾をオワッタワーへと沈めていく。

王都へ飛んでくる不思議な玉を、猫とウデムシは全部外すことなくオワッタワーへと落とし、突然開催した夜中の的当てゲームを大いに楽しんだのであった。

こうして、王都は人知れず猫達とウデムシ達によって火の海を免れるのだが、ファナがそれを知るのは少し後のこととなる。

◆　◆　◆

「ど、ドーン！　ううっ……ドーン、ドーン　ぐすっ　ううっど、ど、どぉー……」

魔法で人を殺すという想像を絶する残虐な行為に、親指大の魔法使いの良心がとうとう悲鳴を上げた。

小さな小さな目からはとめどなく涙がこぼれ落ち、突如ガクンと膝をつく。

「ううっ、うっうぅぅ……ひぐっ、うっぅ」

魔法は世のため、人のためになる素晴らしい力だったはずなのに。

親指大の魔法使いの言葉にならない言葉はすべて嗚咽となり、もう魔法が使えるような精神状態ではなかった。

「な……んでっ……こんなっ」

何発撃ったのか、もう分からない。

とにかくいっぱい撃った……撃って、しまった。

後悔の念が早くも押し寄せる。

あの砲撃で一体、何人死んだのだろうか、何人が怪我を？　どれだけの人の住処が破壊され、焼き尽くされたのだろう？

分からない……でも、いっぱいだ。

とにかくいっぱい撃った……から、とにかくいっぱい死んで、とにかくいっぱい怪我をして、とにかくいっぱい壊(こわ)れて、燃えて……。

見たことのない王都と呼ばれる街は、今は火の海になって……。

「ごめんなさい、ごめんなさい、ごめんなさい……」

こんな、こんなことをするために自分は魔法使いに変異したのか？

魔法とは人間が魔物から身を守れるようにと与えられた特別な力、守る力だったはず。

「おい！　何をしている！　もっと撃つのだ！」

糸で拘束されたファアナがもっと殺せ、もっと壊せ、もっと王都を火の海にしろと叫ぶ。

「ううう……嫌だ……」

「何を言っている？　これは命令だぞ！」

帝国で有名な魔法研究者としてずっとファアナを尊敬していた。

魔法使いが親指大の大きさになってしまった後も面倒(めんどう)を見てくれた恩人でもある。

そんな上司からの命令を断るなんてできようがない。

だけど心も体も、こんなことはしたくないと訴(うった)えてくる。

上司に応(こた)えたい気持ちと良心がせめぎ合う。

「できないっ………」

親指大の魔法使いは頭を抱(かか)え蹲(うずくま)り、ガタガタと震(ふる)えている。

「無理強いはよくありませんよ、ファアナ様？」

ヨシュアは蹲ったまま震える、親指大の魔法使いを人差し指と親指で摘み、手の平にのせる。

「可哀想に。上司が無能だと部下は壊れてしまいますよ？　命令は相手の力量や適性を見極めて下すものです。もう充分、彼は貴女の命令に従って何の罪もない王都の人々を、無差別に、大量に、一方的に殺したではありませんか？　魔法という特別に与えられた力を使ってね？」

「ごめんなさいぃぃぃぃぃ！」

「「「ぐぅぅ」」」

親指大の魔法使いは、ヨシュアの手の平の上でビクッと体を震わせ、更に泣きじゃくる。

加えてヨシュアが意図的に放った言葉は、ファナや一緒に捕まった魔法使い達にまで精神的ダメージを負わせていた。

人類の中で稀にしか存在しない魔法使い。

その特別な力を、どうして我々は人殺しのために使わなくてはならないのかと、思わない訳にはいかなかった。

……ガチャ。

その時、この部屋で唯一の扉が開いた。

「王国の騎士団、来た」

その扉から、青い髪の男が顔を出し、さも当たり前のように王国騎士団の到着を片言で告げる。

ファナは騎士団と聞いて、目を見開く。

どうして騎士団が？　なぜ、今、このタイミングで王城に常駐しているはずの騎士団がシモンズ港にいるのか？

距離を考えれば、騎士団は数時間前には王城を出発していたことになる。

ファナは先ほどの砲撃で、騎士団も王城や王都もろとも壊滅させたと思っていた。

だが、騎士団は大砲を撃ち始めた頃には既に、我々のすぐ近くまで来ていたのだ。

「思ったよりも早く到着しましたね」

なぜ王国騎士団が、シモンズ港にいるのか？

もちろん、ヨシュアが前もって呼んでいたからである。

◆　◆　◆

「は？」

騎士は何度も同じ質問を繰り返していた。

「ですから、こちらがファナ様です。彼女が王都に大砲を撃った張本人で……」

ヨシュアは理解力のない騎士達に何度目かの説明をする。

帝国船が王都を標的に、何発も砲撃したことは紛れもない事実である。

窓のない船室にいたヨシュアよりも、シモンズ領の港に向かってきていた王国の騎士達の方がしっかりと確認しているはずだった。

砲撃の音は轟音といっても差し支えないほど響いていたし、砲弾の軌跡だってこの距離ならば、目の良い者は追えただろう。

現に駆けつけてくれた騎士達は、ヨシュアの要請に見合う人員の半数ほどしかいない。

砲撃を見たことで、騎士団は半数を王都へ引き返させたのだ。

辺境でもない、魔物が出現する確率が最も低い、海に囲まれた地からの王都への砲撃。

前代未聞の緊急事態だ。

シモンズ港に来た半数の騎士達も、王都の様子が気になっているに違いない。

さっさと状況を把握し、王都へと戻りたいと思っているのは顔を見れば分かる。

それなのに、分かりやすく拘束したファアナを見せつつ、ヨシュアが懇切丁寧に説明しているというのに、騎士達は何度も「は？」を繰り返すのだ。

「そんなはずがないだろう？」

そう言って、騎士達はヨシュアの説明に頑として首を縦に振らなかった。

いや、その説明に対して怒りさえ滲ませている。

教会が認めた聖女が、そんなことをする訳がないとでも思っているのだろうか。

口の長けたヨシュアがどう言おうが、騎士達の反応は悪いというか鈍い。

「ここにいるファアナ様が大砲を撃てと命令するのを僕は見ています」

王城にいるはずのファアナがここにいること自体がおかしいのだ。

この事実だけで充分なのに、騎士達はそれすら不可解な表情を浮かべる始末。

「いや、そうではなく。この女……はファアナ様ではないだろう？　こんなバカげた嘘で騎士を愚弄する気か？」

騎士の言いたいことはもっと別にあるようだった。

「と、言うと？」

ヨシュアは眉を顰める。

「君はファナ様を見たことがないのか？　たしかにこの女の瞳は黒いし、髪色も黒に近い。だが、ファナ様はもっと……こう、なんていうか……若くて……そう、若くて可愛い……だろ？」

騎士は言いにくそうに、もごもごとヨシュアだけに聞こえるように耳打ちする。

女性の容姿に口を出すのは騎士として褒められたことではないため、大きな声では言えないのだろう。

「は？　至近距離で顔を合わせることはありませんでしたが、僕も学園に通っています。ですので姿くらいは見たことがありま……？　もしかして皆様には違うように見えるのですか？」

皇国から帰国後、ヨシュアは綿のクレーム処理に奔走し、学園を休みがちではあったが、王都で噂の中心人物のチェックを怠るようなミスはしていないはずだ。

見た目の変化があればそれこそ誰よりも先に、ヨシュアが気づいている。

ヨシュアから見れば、今拘束されて膝をついているファナも、学園に通っていた時のファナも同じ顔で、どこにも疑う余地はなかった。

「は？　我々の知るファナ様は十代の少女で、若くてとても愛らしい……お顔……ん？　あれ？　どんな顔だったっけ？」

「なにを馬鹿なことを……え？　思い出せない」

「いやいや、そんなわけ……？　そんな……？　え？」

ファアナの姿がいかに素晴らしいかを語ろうとした騎士達だったが、だれも聖女の顔が思い出せないことに気づく。

あんなに好ましく思っていた聖女ファアナの姿が、何一つとして浮かんでこないのだ。

とはいっても、仮に聖女ファアナの顔が思い出せなくとも、騎士達は目の前の糸で拘束された女は違うと、自信を持って断言できた。

騎士達が夢中になった聖女は、なんというか……こんな地味な顔ではなかった。

この女を貴重な昼休みを潰してまで見に行こうなんて、誰も思わない。

王族の血筋を思わせる瞳と髪の色以外、似ているところが見つからないのである。

「若くて、とても愛らしい？　ファアナ嬢が？」

顎に手を当て、ヨシュアは暫し考える。

騎士達が皆揃って、目の前にいるファアナの顔が違うと言うのなら、そうなのだろう。

その明らかな違いが分からない自分が、おかしいのだろうか。

ヨシュアが【愛らしい】と思うのはエマだけなので、ファアナの【愛らしさ】に理解が及ばないために、違いに気づけない？　いや、無理がある。

では年齢はどうだろう？

当初から、ファアナは学園に通うには少々薹が立った年齢に見えてはいた。

だが、そうはいっても彼女はこれまでずっと、辺境の領地で庶民の暮らしをしていたのだ。

貴族令嬢に比べ、老けて見えてもおかしくはなく、むしろ自然だった。

仕事柄、王国各地を見て回り、多くの人と会って来たヨシュアは、見た目と年齢は必ずしも同じではないことも知っている。

若くとも苦労の分だけくたびれた容姿になってしまうのは、仕方がない。

そんなファナの容姿が好意的に注目された時も、貴族の趣味は相変わらず変だな、くらいにしかヨシュアは思わなかったのだが、どうやらここが突っ込みポイントだったようだ。

少なくとも以前の騎士達はファナが若く美しく見えており、ヨシュアがどんなに目の前の女をファナと言っても信じられないくらいには差異が生じているのだろう。

おそらく騎士達が違うと言う今のファナの姿が、ヨシュアには初めから見えていたのだ。

「ソレ、魅了……？　魔法かも、です」

後ろに控えていた忍者モモチが姿を消したまま、そっとヨシュアに耳打ちする。

皇国には、少し前まで魔法使いがいたため、ヨシュアよりも詳しい。

見た目を違う風に見せられる魔法があるのだと、モモチは言う。

「フクシマ様、言ってた。友の魔法使いと酒を飲むと、シメの華国風ソバを無性に奢りたくなることがあったって。ソバくらい普通に頼めば良いものを、そんときだけ友の顔がとんでもない美少年に見えて何でもしたくなるとか、なんとか」

「……なるほど？」

フクシマ様の趣味趣向(しゅこう)は置いておいて、ファナは王都に来た時から、魅了魔法を使っていたと考えて良さそうだ。

聖女認定後の不自然で異様な求心力にも説明がつく。

今、聖女の見た目が違うと騎士達がこぞって混乱しているのは、効いていたはずの魔法が何らかの要因で解けてしまったのかもしれない。

「もしかして、今、魔法使えなかったりします？」

ヨシュアは腰を落として、ファナだけに聞こえるように小声で訊(き)いてみる。

「……」

だが、ファナは何も答えない。

あれだけ親指大の魔法使いに叫んでいたファナだが、騎士の前に出してからは一度も口を開いていない。

大砲が王都へ向けて放たれたことで、やるべき仕事は終えたとでも思っているのか、だんまりを決め込んでいるのだ。

「魔力切れなのか？　魔法使いが魔法使えない、理由は一つ」

答えないファナに代わって、モモチがヨシュアに答える。

「魔力切れか」

魔法使いは魔法を無限に使えるわけではなく、人間が永遠に走り続けられないのと同じで、魔力が尽きれば魔法が使えなくなる、とヨシュアも聞いたことがあった。

「……そういえば、おかしい。口を塞がれても、手足動けなくても魔法使える。忍者も、知っている。だから、船、見えない窓のない部屋に集めた。でも使ったの、ちっこいのだけ」

モモチが考えてみたら変だと、ファナを含め五人もいたのに、あの状況で魔法を使ったのは親指大の魔法使いだけだった。

船室に集めた魔法使いはファナを含め五人もいたのに、あの状況で魔法を使ったのは親指大の魔法使いだけだった。

「へえ、呪文(じゅもん)とか杖(つえ)とか使わなくても良いんだ？」

モモチによれば、魔法とはヨシュアが思っていたよりも制限がなく、自在に発動できるもののようだった。

「？　なぜ、呪文？　呪(のろ)い？　あと、なぜ魔法に杖いる？」

「え？」

ヨシュアは魔法には、必ず呪文と杖の類が必要だと思っていた。

モモチの言うように、ヨシュアもそんなものがいると記された資料なんて、読んだ記憶がないのにどういうわけか、そう思っていたのだ。

「あ」

いったいどこで自分はそんな胡散臭(うさんくさ)い知識を入れたのか、と、思い返してみれば記憶の中に原因を見つける。

これは、ウィリアム様のせいだ。

幼い頃、ヨシュアはウィリアムから【魔女っ子】なるものの話をよく聞かされていた。

たしか、世界のためにカラフルな姿で変身して戦う幼女だった。

なぜ幼女が戦わなくてはならないのか全く分からなかったが、ウィリアム様は出会った時には既に、【魔女っ子】の概念（がいねん）を完璧（かんぺき）に作り上げていた。

子供の空想遊びにしては、細部までこだわった設定に内心引いていた。

スチュワート家は辺境パレスの中でも人が住むにはぎりぎりの、結界に近い場所に屋敷があり、同年代の子供がいなかったせいで、ウィリアム様のイマジナリーフレンドの精度が異常に高められたのかもしれない。

「いや、もっと目はぱっちりしていたぞ？」

「ああ、目は大きかった。どれくらいかは……分からん！」

ヨシュアが考えている間に、絵心のある騎士がファアナの姿絵を描（か）こうと試みたようで、他の騎士達はああでもない、こうでもないと意見を出している。

「……あれは別の人」

騎士の描くファアナ像を、気配を消したままこっそり見てきたモモチが、ファアナとは別人だとヨシュアに耳打ちする。

「そうか、……と、なれば……」

騎士達が魅了魔法にかかっていたという線は濃厚（のうこう）、そして今は魔法が解けている。

なぜ？

「……ヴァイオレット？」

糸でぐるぐるに巻かれて拘束されたファナを見て、ヨシュアはある仮定を思いつく。

ヴァイオレットの糸は万能だ。

傷を癒やし、拘束し、弓の弦としても、何にでも使える。

魔法使いを拘束した糸は、エマシルクにヴァイオレットの糸を混紡したものであった。

もし、ヴァイオレットの糸に耐魔法効果があるとするならば、ヨシュアが魅了魔法にかからなかったことにも納得できる。

ヨシュアはいつも、肌身離さずエマから貰ったカフリンクスを身に着けている。

改めて学園の様子を思い返せば、全員が聖女ファナに心酔しているわけではなかった。

同じ日に、カフリンクスを受け取った仲良しの令嬢達やパレス周辺出身の令息達も、エマへの態度を変えることはなかった。

カフリンクスだけではない。

エマ様が刺繍の授業で作製した小物を、惜しげもなく配り散らかしていたことで、学園……いや王国は最悪の事態を免れたのではないか。

今やスチュワート家の絹はローズ様との縁もあり王室御用達、魅了魔法が国王にまでかかっていたら、王国は終わっていた。

「ははっ」

これでは、本当の聖女ではないか。

エマ様は、どこまでも僕の想像を超えて来る。

エマという沼はとてつもなく深くヨシュア自身、片足どころか頭のてっぺんの更に上の上までどっぷり浸（つ）かっているという自覚はあった。

だが、まだ深く潜（もぐ）れる余地があったのかと、ヨシュアは驚きとともに得も言われぬ喜びに震えた。

それにしても、ヴァイオレットの糸の汎用性（はんようせい）の高さは予想を遥（はる）かに超えてきている。

商人であるヨシュアは、紫（むらさき）に光る糸の価格設定を考え直さなければ、と頭の中で計算する一方で、皇国以外に輸出はしない方が賢明だろうと判断した。

スチュワート家の誇るホームセキュリティ、ヴァルソックは出張中でもしっかりと役割を果たし、ニャコムはニャコムでスチュワート家を守るついでに王国まで守ってくれる。

今度お礼に何かおやつでも用意しなくてはと思いつつヨシュアは騎士に向き直り、絵の人物がファナであることを伝える。

「考えるに、魔法で容姿が変えられていたようです。顔を思い出せないのはそのためかもしれません。髪の色と目の色はどうやら自前だったみたいですが」

魔法が使えなくなったらしいファナの瞳と髪色に変化は見られず、この場においては騎士を説得しやすくなるので、珍（めずら）しい色が残ってくれたのはありがたいが、残念ながら国王のご落胤（らくいん）説は払拭（ふっしょく）できそうにない。

「あんなに可愛いかったファナ様が……本物はこれ？」

ヨシュアの言葉を聞いた騎士達に静かなる衝撃が走る。

あの綿を手渡（てわた）してくれた笑顔……可愛いと悶（もだ）えた記憶はあるのに、肝心のその顔が思い出せない。

　王国では魔法は馴染みがなく、おとぎ話レベルの代物(しろもの)で、騎士達にとって魔法が使われた事実よりも、ファナの美しさが紛(まが)い物であったことの方が衝撃だった。

「うそ……だろ？　嘘だと、言ってくれ！」

　特に若い衆達なんて、競(きそ)うようにファナがよく現れた王城の中庭に、わざわざ覗(のぞ)きに行っていた故(ゆえ)に、目に見えて絶望している。

　あの、聖女のファナ様が……コレ？

「そんな……俺(おれ)達のときめきを返して」

　ここにエマがいたらブチ切れていたかもしれない。

「……いや、待て。お前達、早まるな」

　困惑する騎士達の中で一人、彼らを束ねる部隊長がファナの前に膝をつく。

　厳格な部隊長の表情からは、ファナを非難する様子は全く見られなかった。

「はっ！　我々はなんてことを……騙(だま)されていたとはいえ、女性の容姿に難癖(なんくせ)をつけるとは！」

「さ、さすが。部隊長は……騎士の中の騎士だな」

「ああ。こんなにビフォーアフターが違うのに平然としている」

「俺達はまだまだだな。敵の見た目に一喜一憂(いっきいちゆう)するなんて」

　若い騎士達は思いのまま非難していた己の未熟さを反省する。

　騎士道とは淑女(しゅくじょ)を守ってなんぼの世界。

　その点において全く非難を口にしない部隊長は紛れもない騎士の中の騎士であった。

「……これは、これで……。悪くない……いや、イイ。凄く、イイ……なんか、イイな……とてもイイ！」

来月五十歳になる部隊長の呟きは、運の良いことに若い騎士達には聞こえなかった。

【おじさんホイホイ】

エマの前世、田中港の姿をしたファナは、彼女自身もその存在を知らぬ特殊能力を無意識に発動していたのであった。

◆　◆　◆

時を同じくして帝国。

王国の社交シーズンを終えて、帝国に帰国していた正使は特注の銀色の鎧を身に着け、そのでっぷり肥えた体をくつくつとこみ上げる笑いで揺らしていた。

「そろそろ砲撃が始まる頃だ。くっくくく。これで王国は終わりだ。今頃王都は壊滅状態、そして私が率いる帝国軍によって王国全土を掌握するのだ」

ヴゥン、と巨大な魔法陣が光る。

帝国の威信をかけて作られたこの移動魔法陣には大量の魔石が使われており、千人まとめて移動することができる。

対となる出口の魔法陣は王国にあり、人が絶対に入らない辺境の領に長い年月をかけて設置した。

今思えば、この魔法陣に使われた魔石を結界にまわしておけば、帝国はまだここまで追いつめられることはなかったのだが、そんなことは関係ない。

なければ奪えばいいのだ。

魔石も、魔法使いも、美少女も。

海側からは大砲での砲撃、陸側は魔物を送って王国民を蹂躙(じゅうりん)したあと、我が率いる千人の軍隊が攻め入る手はずとなっている。

軍を動かせる国王は不在、第一王子はこちらの手の中にある。

王都は壊滅し、政治システムは崩壊(ほうかい)する。

この完璧な計画の上では、王国に逃げ場など存在し得ないのだ。

「くっくくくく。全ては帝国のため。王国には犠牲になってもらう。楽しみだなぁ……エマ・スチュワート伯爵(はくしゃく)令嬢だったかな？　聖女なんて言われた清い少女が穢(けが)された時、どんな顔をするか……楽しみだなぁ」

完璧な計画の一の矢である砲撃が失敗したことを正使はまだ知らない。

だが、王国の危機はまだ始まったばかりであった。

帝国は、本気で王国を侵略(しんりゃく)しようと動き出していた。

第九十二話　さめる。

ヴァイオレットの糸の効果は王城にも表れていた。

ファナが拘束されたことで魔法が遮断され、第一王子マクシミリアンにかけられていた魔法が解けたのだ。

解放された精神への衝撃はあまりに大きく、マクシミリアンは意識を保つことができなかった。

「大変です！　王妃陛下、殿下が、マクシミリアン殿下がお倒れになりました！」

国王に似て丈夫な体を持ち、病気ひとつしてこなかった第一王子が、突然倒れたと王城内は騒然とする中、王妃の行動は早かった。

マクシミリアンを運ばせ、宰相と騎士団長、側妃を呼び、他の者が近づけないように人払いまでしたのである。


「……うっ」

意識が戻った時、マクシミリアンは自室のベッドの上に寝かされていた。

「マックス！」

王妃である母の声が聞こえる。

「殿下！」

宰相の声も……。

「あれ？」

自分に起こった変化に、マクシミリアンはすぐに気づいた。

あの時からずっと、くぐもって聞こえていた周りの音が、鮮明に聞こえる。

目を開ければ、一枚薄布を隔てていたようだった視界も鮮明になっている。

「な……に……？　え？」

驚いて自身の意思で発した声が、自身の耳にそのまま届いた。

そんな当たり前のことが、当たり前にできたことに全身が震え出す。

「マックス、どこか痛いところはないですか？　苦しいところは？」

ベッド脇には王妃が心配そうに顔を歪めている。

「え？　母さ……王妃陛下？」

冷静な母の、このような表情を見たのは初めてではないだろうか。

「殿下。殿下は突然、お倒れになったのです」

王妃の後ろに立つ宰相は、己の状況をよく分かっていない様子のマクシミリアンに説明する。

「え？　倒れた……？　はっ！　体も？　うごっ？」

目覚めたばかりの、ぼ～っとした頭を軽く振ったマクシミリアンは、目を見開き右手を握って、開く。

「あっあああっ。動く、手が……動く！」

マクシミリアンが思った通りに、何の抵抗もなくマクシミリアンの体も動いた。

剥離していた精神と体が、元に戻っている。

帝国の魔法使いに会ってからというものの、どれだけ嘆き叫んでも、どれだけ泣いて懇願しても、マクシミリアンの声は誰にも届かず、体は指先に至るまで自由に動かせなかったのが、今は……。

「は、ははっ。動いた！　ちゃんと、動くぞ！　やっと、やっと自由に……」

今は、何もかも思うがまま、動く。

己の感情が、感情のままに表に出せることが、どれだけ嬉しいか。

「殿下、大丈夫ですか？」

母親である王妃の隣には、王の側妃ローズ・アリシア・ロイヤルがいた。

母と並んで座る姿は珍しい。

父が無理やり側妃にしてから初めてではなかろうか。

あの時の父の行動は早かった。

一目惚れだと押し切り、どんなに宰相が王国には側妃を設けた前例はない、愛人では駄目なのかと説得しようとも聞かなかった。

父が何故あれほど急いだのか、今なら良く分かる。

帝国に留学し、魔法使いの魔法によって自由を奪われ操られている間に見た、数々の光景は目を覆いたくなるようなもので溢れていた。

各国から集められた【聖女】が帝国でどんな目に遭っていたのかを、マクシミリアンは知った。

人並外れて美しいローズ様は、当時間違いなく【聖女】候補だった。

それが今、こうして母の隣で笑っていられるのは、どんな批判にも屈することなく父が側妃にして守ったからだ。

あの時の父の行動の真意に触れ、感動するのと同時に、まんまと帝国の罠に嵌り、彼女らを助けるどころか逆に体を乗っ取られ、帝国の陰謀に加担させられている自分の不甲斐無さに絶望した。

これから父が守ったもの、父が守ろうとしたものをマクシミリアンが魅了魔法にかかったせいで台無しにしてしまうのだ。

しかし……こうして近くで見ても、側妃は本当に美しい。

あれから十数年経ったというのに、その輝かしい美は健在……？

いや、マクシミリアンが留学した時よりも更に磨きがかかっていた。

着ているドレスの雰囲気が変わったのか、上品かつ可愛らしいのに何ともいえない色気が……。

「……？」

ふと、マクシミリアンは視線を感じた。

それは、異様な視線だった。

第一王子として生まれ、見られることには慣れていたが、そんなものとは違う異質な、これまで感じたことのない種類の視線。

「なっ……何……か？」

母も宰相も、更に後ろにいたらしい騎士団長も、じぃーっとマクシミリアンを見つめている。

不躾に見るのを隠す様子もない。

むしろ作法に厳しいはずの母が、誰よりも率先して見てくるのだ。

「今、見たわね？」

王妃ビクトリアは、静かに隣に座る側妃に確認する。

「……は、はい」

側妃ローズは、王妃の問いに少々顔を赤らめてから肯定する。

「たしかに、たしかに見ましたぞ！」

宰相も力強く同意している。

「ああ、間違いない。私もしかと見届けました！」

後ろに立っていた騎士団長は身を乗り出してまで、王妃の問いに答えている。

「え？　何？」

マクシミリアンは困惑するしかない。

何故か嬉しそうな母と、ほっと胸を撫で下ろしている宰相と騎士団長。

更には心なしか恥ずかしそうな側妃ローズ。

そこへ、

「マクシミリアンがローズさんの胸を見たわ！」

王妃が歓喜の声を上げる。

「ええ⁉　母さ……王妃っ陛下なんてことを⁉　いや、私は断じてそんなっ」

予想外の言葉にマクシミリアンは声を荒らげる。

母は急に何を言い出すのだ？

「いいえ、マックス。誤魔化(ごまか)しても無駄(むだ)よ！　あなた、ローズさんのあの豊満な胸をしっかりと見たわ！　間違いないわ」

「はい、私も見ました。殿下、残念ながら大バレでございます」

「殿下、隠すのはもはや無理です。我々も最近知ることになったのですが……この手のチラ見は全(すべ)てバレてしまうようです」

母と宰相と騎士団長はにわかに盛り上がる。

「いや、違う、私は……そんなっ」

「「いや、間違いない！」」

「うっ！」

思わず言い訳じみた言葉が出たが、王妃も、宰相も、騎士団長も絶対に見逃(みのが)してはくれそうになかった。

未(いま)だかつてこんな連帯感のある三人の姿は見たことがない。

だが、マクシミリアンは一国の王子としてそんなことをする訳がない……いや、したとしても認める訳にはいかない。

たしかに……見てないとは、言えないが……ほんの一瞬(いっしゅん)だ。

ほんの一瞬……目が、勝手に、吸い寄せられただけで……これは何というか反射であって意図的ではなく……ん？　ちょっと待て今、騎士団長なんて言った？

遅れて騎士団長の忠告がマクシミリアンの脳内に届く。

この手のチラ見は全てバレてしまう……だ……と？

そんな馬鹿なっと、マクシミリアンはローズの方へと視線を向ける。

そんなことが可能ならば……ずっとこれまで……？

マクシミリアンと目が合った側妃ローズは、火照った頬に手を当てて困ったように笑っている。

「ぐぅぅっ」

義母とはいえ……なんか可愛いな……こんな柔らかく笑う方だったか？

じゃなくて、え？　と、いうことは今までのが全部？　全部？　バレて……？

「あ！　また、見ましたね？　マクシミリアンがローズさんの胸をまたチラ見したわ！」

「か、母様！　声が大きい！」

止めて、なんで、母親に女性の胸をチラ見したことを大声で報告されなくてはならないんだ？

マクシミリアンの顔が、赤くなってから、青くなる。

どんな地獄だよ！

し、仕方ないだろ？　そこに胸があるなら見るのが男ってやつだ。

し、仕方ないだろう？　これは本能、紛れもない本能のせいだ。

「あの、殿下。お気になさらず……殿下だけではなく、その……皆見ますから……」

頬を染めたローズがおずおずと助け舟を出す。

恥ずかしそうに胸に手を置いているものの、皆見るから気にするなと眉を下げる。

あ――。その仕草もめちゃくちゃ可愛い。

「……も、申し訳ございません！」

この程度のチラ見がバレるなら、これまでのも全部バレていることになる。

マクシミリアンはガバッと起き上がって頭を下げる。

王族は簡単に頭を下げてはならない……のだが、謝らずにはいられない。

「あの、だ、大丈夫ですからっ。頭を上げて下さいっ。ほんとに、あの、殿下だけでなく皆さん見ますから……」

おろおろとローズはマクシミリアンに声をかける。

謝ってもらうためにここにいるのではない。

諸々の説明を早くしてもらおうと、後ろにいる宰相と騎士団長にローズは困ったように視線をやる。

「「も、申し訳ございません！」」

が、その視線に勘違いした宰相と騎士団長までもが頭を下げ出した。

世の男ども、よく聞け。

ずっとバレてないと思っているかもしれないが、バレバレだからな……。

「良かった……安心しました」

そんな中、王妃が頭を下げる息子に安堵のため息を溢す。

「え？　今、（息子が変態で）良かったと？」

マクシミリアンは母親の言葉に驚く。

「はい、本当に」

母の言葉に側妃ローズが頷いている。

「え？」

「殿下、やっと正気に戻って何よりです」

宰相が目頭を押さえて喜んでいる。

「え？　しょ、正気？」

「一時はどうなることかと……」

騎士団長はやれやれと肩を揉み、首を回す。

「え？」

これはもしや……？

「もしかして、私が魔法で操られていたことに……気付いて……？」

王国は魔法使いがいなくなって久しい。

だから、魔法に対する警戒も無に等しい。

王国は魔法大国である帝国から何をされても気付かないし、気付いた時にはもう侵略されているだろう。

マクシミリアンに魔法をかけた魔法使いの女はそう言って笑っていた。

「ええ、もちろんです。既にシモンズ港にも騎士を派遣しています」

王妃ビクトリアは力強く答える。

「なっ！」

王妃の言葉にマクシミリアンはベッドから這い出て、窓へと駆け出す。

そうだ、なにをぼーっとしていた。

今夜、王都は、王城は火の海と化す。

日没を合図に港から真っ直ぐ大砲の弾が……。

「あれ？」

日が暮れていた。

太陽はすっかり隠れ、街には明かりが灯っている。

意識を失ってから、既に数時間が経過していたらしい。

「王都が……無事？」

狐につままれたような表情でペタンと王子はその場にへたり込む。

予定では王都は今頃火の海、王城は壊滅状態……だったはず。

「マクシミリアン殿下、へたれている場合ではありません。帝国で殿下に何があったのか、帝国が王国に何をするつもりなのか、覚えていることを教えて下さい」

スッと臣下の礼をした姿のまま騎士団長がマクシミリアンに尋ねる。

王国側が持っている情報は、一介の商人の報せのみ。

今は何よりも情報が欲しい。

「……無理だ」

そんな騎士団長にマクシミリアンはポツリと溢す。

王都が火の海になっていなくても、王国に勝ち目がないことを知っている。

帝国の魔法の恐ろしさを目の当たりにしたあの日、マクシミリアンは絶望したのだ。

王国人の想像を超える規模の魔法が存在する。

敵は海以外からでも侵入できると誰が思うだろう。

「もう、時間がない……」

「殿下？」

例年通り課外授業へ行ったのなら、あの偉大な父はもうこの世にはいないだろう。

マクシミリアンは涙を流した。

やっと体が自由になった。

やっと、泣ける。

国のために、自分のために、やっと泣ける。

◆　◆　◆

「落ち着きましたか？」

側妃ローズが静かにマクシミリアンに声をかける。

「はい、取り乱して申し訳ございません。ローズ様」

マクシミリアンは、王国の危機について話さねばならない。

帝国が移動魔法陣という、恐ろしい兵器を使って侵略を企てていることを。

もう、スカイト領は帝国が送った魔物によって壊滅状態となっているころだ。

更には、追い打ちをかけるように帝国軍まで魔法陣を介し、この王都までやってくる。

「王都が帝国に侵略されるのも時間の問題でしょう。父ももう、生きては……」

いくら、父が強いといってもあの魔物相手では、絶対に生き残ることは不可能だ。

マクシミリアンは王国の崩壊を前に自責の念に駆られる。

スカイト領までは遠く、今から騎士をかき集めても間に合わない。

仮に間に合ったとしても、結果は変わらない。

王国の力では、絶対に帝国に勝てはしないのだ。

何もできることが……ない。

「マックス……」

王妃は、為す術もなくただ王国が崩壊するのを待つしかないと、苦しそうに吐露するマクシミリアンを抱き締める。

「そんな……」

宰相が、膝から崩れ落ちる。

大砲に続いて魔物と帝国軍までもが王国に侵略してくるなんて……。

「なんてことだ……」

騎士団長は拳(こぶし)をぎゅうっと握りしめる。

できることが何もないなんて……。

「っふ……ふふふ」

側妃ローズはおかしくなったのか、笑い出した。

「申し訳ございません！　ローズ様、スカイト領にはエドワードも……」

ローズの笑い声にマクシミリアンは、はっとする。

そう、今回の課外授業に参加しているのは国王だけではなかった。

側妃の生んだ、第二王子エドワードも参加しているのだ。

「ローズさん……」

王妃もローズを心配する。

「ふふふ、きっと大丈夫ですよ。ビクトリア様」

暗い雰囲気を吹(ふ)き飛ばすような笑顔(えがお)で、ローズがビクトリアの手を握る。

「マクシミリアン様も！」

ローズはもう片方の手で、マクシミリアンの手も握る。

「意図的なのかは分かりませんが、移動魔法陣？　の出口とやらをスカイト領にしたことを、帝国は後悔(こうかい)することになると思います」

「気休めはやめてください」

マクシミリアンは俯いて首を横に振る。

今はローズ様の優しさも、ただ苦しいだけだ。

「何か、根拠があるのですか？」

笑顔を崩さないローズに、王妃が真剣な顔で訊く。

「お母様？」

マクシミリアンは、母が王妃の顔をしていることに気づく。

「マックス、王は可能性を見逃してはなりません」

王妃は、小さな可能性に縋れと言っているのではない。

もしもが起きた時に対処できるよう、身構えておけと言っているのだ。

「スカイト領にはエマちゃんがいるんです」

「「はい？」」

だが、ローズの答えはその小さな可能性といえるものなのか分からない。

「それに、ゲオルグ君もウィリアム君もいます」

「「ん？」」

「更に、更にスチュワート伯爵と夫人までいるのです」

「「で？」」

だから何だと言うのか、さすがの王妃も困惑する。

「ローズ様、そんな五人程度で何が変わるというのですか？」

マクシミリアンは意味が分からない。

「スチュワート家が、きっと何とかしてくれます」

ローズは不安な気持ちを必死に隠して、言い切った。

あのスライムを倒したスチュワート家ならば、帝国が送ってきた魔物も倒してくれる。

彼らは帝国軍にだって負けない、信じるのだと自分に言い聞かす。

国王も、エドワードも無事に帰って来る。

一家にそれを願うには、頼るには、寄る辺にするにはかなり重いことであることは分かっていた。

でも、ローズは信じたかった。

あの、天使のような笑顔でエマが不可能な問題を解決してしまうことを。

「スチュワート家……？」

辺境パレスを治め、近年急激に豊かになった領。

マクシミリアンはその程度しか知らない。

「……たしかに、スチュワート家は、あのスライムの倒し方を実践で発見し、王国の危機を防いでくれました」

王妃は、突拍子もないともとれるローズの言葉に頷いた。

王妃がスライムという魔物を知っているのは、提出された局地的結界ハザードについての報告書を読んだからである。

スライムほど危険な魔物はいない。

報告書にはそう記されていた。

それを倒した一家が、スカイト領にいるのなら……それは、小さな可能性になり得るのかもしれない。

「ですが、そんな……」

そんな簡単な話ではない、とマクシミリアン。

もう、王国が帝国に侵略されることは決定したようなもの。

「マックス、どうせなら楽しい方を考えましょう」

「？」

王妃は覚悟を決める。

「王国が侵略されたならば、我々王族は真っ先に処刑されるでしょう。死んだ先のことなんて考えても無駄というもの。それなら、スチュワート家が見事に問題を解決した後に、我々がどう行動するかを考えた方がずっと楽しいではありませんか」

「楽しい？」

「私は王妃になったから、政に関わっているのではなく、政に関わるために王妃になったのです。このような問題、世界初ではありませんか。今後、帝国が王国を攻めようなんて間違っても思うことがないように、完璧な損害賠償請求を突き付けてやりましょう」

覚悟を決めた王妃の顔は、やる気に満ちていた。

「ビクトリア様、素敵です！」

ローズが王妃の手を握ったまま、天に向かって突き上げる。

「マックス？」

王妃は空いている方の手をマクシミリアンに差し出す。

「は、ははは。たしかに、それは楽しそうです」

母の言う通りだった。

あの帝国が、王族を生かしておくことはないだろう。

もし、ローズ様の言うように、何とかなってしまうのであれば、操られていたマクシミリアンが帝国で見た諸々の情報は役に立つ。

絶妙に反論できず、絶妙に払えるギリギリの賠償を設定することもできそうだ。

マクシミリアンは、差し出された母の手を取る。

そして、王妃、ローズと順に目を合わせてから、覚悟を決める。

二人の母と繋いだ両手を、天に向かって突き上げた。

「やってやりましょう！」


この日の覚悟が後に、数々の国難をその卓越した頭脳と情報収集能力、いざという時に発揮する胆力で、王国の発展に寄与した王として、交渉王マクシミリアン・ルイン・ロイヤルの名は歴史に名を残すことになるのだが、それはまた、別のお話。

第九十三話　迫りくる危険。

「う、うーん」

ところ変わって、帝国の侵略が迫る、スカイト領魔物の出現する森。

普通にスカイト領にいた魔物の影響で暴走後、コーメイさんの猫プチで停止＆エマに身ぐるみを剥がされた目下、王国で一番尊い存在の国王が目を覚ました。

「陛下！」

「え、エマちゃん？」

気が付いた国王の目に飛び込んできたのは、こんな危険な森にいるべきではない王国一、体の弱いと噂の伯爵令嬢の笑顔であった。

「な、なんでこんなところに⁉」

「良かった、バーサク状態も治りましたね？」

うふふ……と危険な森の中で似つかわしくない最高の笑顔のまま、国王の胸の辺りに手を置いて顔を覗き込んでいる。

「陛下は魔物の影響で少し……大分……中々お暴れになったのです」

エマの後ろから、合流したレオナルドがホッとした表情を浮かべている。

狩人の教師が、真っ青な顔で呼びに来た時には肝を冷やしたし、合流したら合流したで、なぜかエマとお友達の令嬢、そしてコーメイさんまでがいるのだから、レオナルドもかなり驚いたし、ウイリアムから事の顚末を聞いて、頭を抱えたのは言うまでもない。

国王が目を覚ました時にまだバーサク状態が続いていたら危険だと、エマに下がるように言ったものの、頑として国王の側から離れなかった。

国王が正気に戻っていたことで、張りつめていたレオナルドの緊張がやっと解ける。

「陛下、目覚めたばかりで申し訳ありませんが、念のためいくつか質問させて頂きます」

少し離れた所から、アーバンが声をかける。

その手には弓が握られており、エマに危険がありそうならこっそり国王を処すつもりであったことは内緒である。

国王の命の危機は、帝国に関係なくやってきていた。

「あ？　ああ。特に痛いところはないぞ？」

国王は己の身に何が起きたのか分からないまま、素直にアーバンの質問に答える。

「あんなに献身的に陛下を看病するなんて……エマ嬢は天使だ」

「レオナルド伯爵がどんなに危険があると説得しても陛下から離れないなんて……」

「ああ、ずっと意識のない陛下の体をさすったりして……」

アーバンの問診を国王が受けている間、スカイト領の狩人や国王の護衛についてきていた騎士達は口々にエマの行動を褒め称えた。

あの国王の暴れっぷりは相当危険だった。

それを目の当たりにした後でも、エマ嬢は恐れるそぶりを見せないどころか、常に笑みを浮かべて介抱していた……ように見えていたのだ。

「やはり、エマ嬢が本物の聖女ではないか？」

教会の発表に異を唱えるのは、異教徒扱いされかねない危うい発言だが、その場にいた全員が、頷いていた。

……いや、例外が二人。

ゲオルグとウィリアムである。

「……姉様、意地でも筋肉……じゃなくて陛下から離れませんでしたね？」

「……あいつ、あんだけ性女じゃないとか言っておいて……聞き間違いしてたのも、絶対自覚があり過ぎたせいだろ」

苦労の絶えない二人の兄弟は、揃って何とも言えないしょっぱい表情を浮かべるのであった。

◆　◆　◆

ところ変わって帝国。

ガラガラと耳障りな音と共に、台車に載せられた檻が運ばれてくる。

檻は真っ黒な布で覆われており、中に何がいるのかは見えない。

台車を引くのは屈強な男達で、その表情は硬く緊張している。

彼らの周りを囲むのは、帝国の軍隊。

真ん中には大きな魔法陣が設置されていた。

この軍の指揮を任されている正使が間に合ったかと一言呟き、これで確実に王国を手中に収めることができるだろうと笑う。

「よし、檻を魔法陣の真ん中に置き、鍵を開けろ」

魔法陣を使って軍より先に王国へと、檻の中にいるアレを移送するのだ。

「あの、正使様。今からでも遅くはありません。アレの檻を開けるのは危険です」

檻を囲む男達の一人が声を上げる。

アレを生け捕りにするために十三人が犠牲になっていた。

「ふん。危険、良いではないか。危険だからこそ王国に送るのだ。我が軍よりも先にアレが一仕事してくれるだろう。森に常駐する狩人も周辺の村人も全て燃やし尽くして、我々が行く頃には随分見晴らしも良くなっているはず」

ああ、あと課外授業にたまたま参加していた不運な国王も一緒に……な。

正使は魔物の知識を有していた。

王国とは違い、帝国は魔物学を専門に学んだ者は優遇されるのである。

王国では辺境の領主に一任される魔物狩りだが、帝国では知識がある者が辺境で魔物を狩ることはほぼ、ない。

魔物学を収められる貴重な頭脳の持ち主は、帝都の安全な執務室でただ指示を出していれば良い。

動くのは、守護者と呼ばれる現場の者達に限られる。

その中には王国では禁止されている奴隷の姿も少なくはない。

「知ってるか？　魔法陣のあるスカイト領の結界付近には、例のあの魔物がよく出現するらしいぞ」

正使は嫌らしい笑みを浮かべる。

「例の……まさか、虹色ラクーンですか⁉」

檻を運んで来た男達に動揺が広がってゆく。

帝国の守護者の中で一時、魔物について考察するのが流行ったことがある。

実際にはあり得ない、北と南の大陸特有の魔物が同時に現れたとしたら、最も危険な魔物の組み合わせは何か。

その時に出た中で、ダントツでヤバいと皆が選んだのが、今、檻の中にいる魔物と、北大陸にいる帝国には出現しない魔物、虹色ラクーンだった。

アレ単体だから、何とか捕獲できたというのに、王国側に虹色ラクーンがいるとなると……。

正使は、守護者達の考察をそのまま再現しようとしていた。

「まあ、王国の守護者？　ああ、王国では狩人と呼ぶらしいが、それなりに優秀だと聞いている。

ある程度はアレの力を削ぐこともできるだろう」

我々は魔物が疲れたところを適当に捕獲すればいい、と正使が動揺する男達の心配を一蹴する。

「そんなっ……。アレと虹色ラクーンですよ⁉　無理です！　それだけは一緒にしてはなりません」

正使の考えは机上の空論というもの。

知識だけで、檻の中の魔物の恐ろしさも体験したことがない正使に、何が分かるというのだろう。

人間が、アレと虹色ラクーンと同時に対抗できる訳がない。

アレだけでも王国は充分、滅亡の危機となるだろうに、後から魔法陣で送られる帝国軍にも危険が及ぶことになる。

「つべこべ言わずに、さっさと台車を移動しろ」

男達の動揺が軍隊にまで広がる前に、正使が台車の移動を命ずる。

あの腹立たしい王国の国王を葬る絶好の機会を、正使はずっと窺っていた。

帝国の正使である自分を、あそこまでコケにする国主は、王国のあの国王だけなのである。

思い出すだけで、はらわたが煮えくり返る。

「正使様、檻の設置が完了しました」

檻が台車ごと魔法陣の中に置かれ、鍵を開ける者一人を残して、男達は魔法陣から離れている。

「本当に危険なのです。鍵を開けたらすぐに転送させてください。一秒のズレもなくですよ？」

なおも食い下がる男達に、周りに控えている軍人にも不安そうな顔を見せる者が出てきている。

「しつこい、そのくらい分かっておるわ。おい……魔法使い共、火だるまになりたくないなら、鍵を開けるタイミングに合わせてちゃんと送れよ」

正使の指示に、魔法陣の周りを囲む魔法使い達は、緊張で青白くなった顔を隠すように深くフードを被ってから頷く。

なにせ中にいるアレを捕獲するために、貴重な魔石を使ってこの檻を作らねばならなかった。

この計画が失敗すれば、帝国は魔石を手に入れる手段が絶たれてしまう。

そうなれば、魔法使いにとって地獄のような日々を送ることになるのだ。

ヴゥン……魔法陣が、光る。

「解錠します！」

魔法陣の中に残ることになった運の悪い男が叫ぶ。

その声は緊張で裏返っている。

「！」

「バカ、早い！」

「ウワァァァァ！」

檻の鍵が開いた瞬間、辺り一面に炎が噴き上がった。

「早く送れぇ！」

正使が叫ぶ。

「ウワァァァァァ！」

檻から一番近くにいた鍵を開けた男が、逃げられずに炎に包まれ、転がる。

「ひっ！」

魔法陣を囲んでいた魔法使い達も、凄まじい炎の勢いに思わず怯んで後退りする。

「ギャァァァ！」

「ヒイィィィ！」

「あぁぁぁ！」

魔法使いよりもずっと離れて待機していた帝国軍の中からも、突如悲鳴が上がる。

鍵を開けた男と同じように、突然全身が炎に包まれ、その耐え難い熱に発狂していた。

「バカめ！　あれ程アレを直視するなと言ったのに……」

炎を消そうと転がる軍人達に、王国へ行く前から負傷してどうするんだと正使が舌打ちする。

ヴゥウン……。

阿鼻叫喚の中、やっと魔法陣が作動して檻は中身ごと消え、見えなくなった。

転送が完了したのである。

不思議なことに転送と同時に、火だるまになっていた者達の炎までも消えていた。

炎なんて初めからなかったかのように。

「さっさと負傷者の数を確認し、報告しろ。これより二時間後に魔法陣を介し王国へ進軍する」

正使はイライラしながら軍隊へ指示し、其処此処へ転がっている軍人に冷たい視線を送る。

彼らはあれだけ炎に包まれていたにもかかわらず、衣服等には焼けた痕跡は見られない。

だが、見える範囲の肌は真っ赤に腫れ、水ぶくれができ始めていた。

人だけを狙ったかのような、気持ちの悪い傷の状態に、衛生兵は息を呑んだ。

「……まぁ、いい。アレが王国で派手に暴れてくれることを考えれば、この程度の損失、おつりがくるわ」

用意されていた椅子にドカッと座り、正使は不敵に笑った。

◆　◆　◆

王国、スカイト領の結界付近の森。

「とにかく、早急に撤退しましょう」

レオナルドが猫ぷちから目覚めた国王に進言する。

国王の暴走のせいで合流するのに手間取った挙げ句、国王の意識が戻るまで待たなくてはならなくなり、予定していた帰る時間はとっくの昔に過ぎている。

もう、何なのこの国王。

問題しか起こさない。

レオナルドの眉間に隠しきれない皺が寄る。

「ん？　ああ……でも、もう少し行けば結界に着くのだろう？　一度、結界見てみたいんだよねー」

そんなレオナルドの焦りを、全く察してくれない国王はせっかくここまで来たからには、ついでに結界も見たいと言い出した。

「「ううう……」」

それを聞いた狩人と騎士達は声にならないうめき声を上げている。

皆、もうツッコミ疲れてクタクタであった。

「いけません、陛下。もう、日も暮れかけております。暗い中で夜目の利く魔物に遭遇した場合、私共も安全を保証できなくなります」

　レオナルドに次いでアーバンも国王に進言する。

　魔物に対する時、一番大事なのはその魔物が【何か】を見定めることである。

　暗闇で多種多様の魔物を見分けるのはかなり難しい。

　更に、夜行性の魔物は質が悪い種が多く、狩りも通常、夜は避けている。

「ん？　あっ！　お父様！　叔父様！」

　国王の上半身の筋肉を余すことなく堪能していたエマがおや、と周囲に視線を巡らせた瞬間、父レオナルドと叔父のアーバンに呼びかける。

　国王の筋肉のせいで気付くのが遅くなってしまったと、エマは少しだけ反省する。

　前方を囲まれていた。

「うわっ……あれって……例のヤツ？」

　隣にいたウィリアムがエマの視線を追ってからヤバくない？　っとスカイト領の領主を見る。

　今のメンバーで対処するには、少々厳しい魔物。

　狩りに慣れている父や兄、叔父でもパレスに出現しない種では立ち回りもぎこちなくなってしまう可能性が高い。

「よりによって、面倒なヤツが……」

　隻腕のスカイト領の領主は自領の狩人達に目配せし、合図を送る。

　一行の前方を囲んでいるのはスカイト領では比較的出現率の高い魔物だった。

しかし、普段なら出ても一匹、二匹くらいなのだが、数が多い。

狩人達は領主の合図に無言で頷き、急ぎ予備のランプに火を灯してゆく。

うす暗くはなってきていたが、森の魔物に見つからぬように、明かりは最小限にとどめていた。

しかし、そうも言ってられない。

この魔物は暗闇では分が悪い。

暗闇は人に恐怖を呼び寄せる。

「陛下……前方を魔物に囲まれているのが分かりますか？　あまり大きくはありませんが、お気を付けください。アレは人の精神を攻撃します。いいですか？　絶対に目を見てはいけません。ですが、見失ってもいけません」

アーバンが愛用の弓を構えつつ、国王へ説明する。

「え？」

何それ難しい……と、国王は森の中に溶け込むような毛色をした魔物を、言われた通り足元だけチラッと確認する。

「アレは虹色ラクーンと呼ばれる魔物です。カメレオンのように体毛を周囲の色と同化させることができます。日が完全に暮れる前に倒さないと……」

ウィリアムが虹色ラクーンの数を数えながら、魔物に慣れていない騎士や、国王に特徴を教える。

夜になって体毛が暗闇に完全に同化してしまえば、唯一視認できる光る目に自然と視線が持っていかれ、相手の思うつぼになってしまう。

精神攻撃系の魔物は、目を見てはいけないというのが鉄則である。

視線が合わさることで、精神に攻撃を仕掛けてくるのだ。

人は、魔物を前にすると恐怖する。

虹色ラクーンはその恐怖心を大きく大きく膨らませ、パニックを起こさせるのだ。

魔法使いの魅了魔法と同じく、心の弱い者はその攻撃を強く受けやすい傾向にあった。

一人のパニックがパニックを呼び、集団ヒステリーが起きれば、狩りの連携が失われてしまう。

そうならないためには少数精鋭が望ましい。

国王と王子という王族を引き連れての課外授業で、通常の狩りよりも人が多い今、最悪のタイミングで最悪の魔物に囲まれてしまったのだった。

こいつを警戒して隊を二手に分け、先の道の確認やら気を配っていたのに……国王が暴走なんかするから皆集合しちゃったじゃんか！

なんか全部裏目に出るな、とウィリアムが思っているところへ、

「数確認！　七！」

レオナルドが叫ぶ。

「七！」

アーバンが答える。

「七！」

少し離れた後方で、王子とアーサーと一緒に令嬢達を守っているゲオルグも答える。

「七！」

ウィリアムも先程確認を終えていた魔物の数を答える。

魔物が複数いる場合、数のすり合わせは大事な手順である。

「九！」

最後に、エマが答えた。

「………九かぁ」

レオナルドが頷く。

「え？」

どういうこと？　と国王が首を傾げる。

四対一で意見が割れた場合、通常は人数の多い方の意見が採用されるべきである。

が、スチュワート家ではそうはならない。

ここでは昆虫採集で鍛えたエマの目が優先される。

「九だね」

アーバンも何の疑いもなくエマの意見を採用する（これは単に姪狂いの為せる技）。

「姉様、あと二匹どこですか？」

見つからぬ……とウィリアム。

「向かって右から三番目のあれ、後ろに更に二匹隠れてる」

エマが草陰に隠れるように潜んでいる虹色ラクーンを指差す。

毛色は草と同化し、よくよく見なくては見つけることも難しい。

「あっあれかぁ……なんかヒゲの数が多いと思ったら重なってたのか！」

こりゃ一本取られたわ、とゲオルグが額を打つ。

「え？　ゲオルグ君？　見えるの？」

「？？？」

後方にいるゲオルグと魔物との距離は五十メートル以上あるため、アーサーと王子が驚いている。

彼らにはヒゲすら見えない。

ヒゲを見て、目を見ないなんて芸当どうやるかも分からない。

「あ！　ちょっとアーサー様も殿下も、あまり魔物の方を見ては駄目ですよ！　恐怖で頭がおかしくなりますから。ほら、マリオン様達を見倣って下さい」

魔物を見ようと顔を上げかけた二人の目を、ゲオルグが手の平で慌てて塞ぐ。

魔物素人はこれだから危ないのだ。

「マ、マリオン様。あれ、魔物ですわ」

「フランチェスカ様、落ち着いて。あの魔物は課外授業で習いましたよね？」

「ええ」

「習ったわね、ケイトリン？」

「習ったわ！　キャサリン！」

フランチェスカと双子がマリオンに同意する。

「では、私達がすることは？」

「「目を瞑(つぶ)って動かない、ですわ！」」

「にゃーん！」

令嬢達の答えにコーメイから、お褒めのにゃーんが出る。

授業の説明と、エマからの助言をしっかりと覚えていた。

曰(いわ)く、

「パニックで自分で自分を傷つけてしまう可能性、パニックになっていない人を巻き込む可能性、魔物を倒そうとしている人の邪魔(じゃま)になる可能性があるので、目を瞑って動かないでいる方が何気に生存率は上がります」

とのことだった。

「いいですか？　殿下、アーサー様？　多少腕(うで)に覚えがある者が一番危険ですからね？　スカイト領の狩人はあの魔物に慣れていますから下手に手を出してはいけませんよ」

女の子の前でいいカッコしたいとか思っても、魔物相手では百パーセント失敗しますからね、とゲオルグが釘(くぎ)を刺(さ)しておく。

「分かっている」

スライム戦での苦い記憶(きおく)を思い出し、エドワード王子も大人しく目を瞑(つむ)る。

「にゃ！」

コーメイも下手に動くと守りにくいから、皆集まって目を瞑るにゃ！　と鳴く。

通訳のエマとは少し離れているので誰も何を言っているのか分からないはずなのに、王子、アーサー、令嬢達がコクンと素直に頷く。

猫語はノリと勢いである。

「エ、エマちゃん？　エマちゃんも、ウィリアム君もあっちに避難した方がいいんじゃ……」

猫に守られている令嬢達を指差して、国王が心配する。

「大丈夫です！　陛下こそあちらへ、私は……ん？」

魔物かるたの拡充のためには、やはり本物を見たいから……と陛下に答えようとして、肘をちょいちょい突っつく感触に、エマが振り向く。

誰もいない。

が、耳元にヒソヒソ声だけが聞こえてきた。

「エマ様……あの、陛下に……」

ヒューだった。

スチュワート家で忍者から忍術を教えてもらっているヒューが、姿を隠したままエマの肘を突いてモゴモゴと言い難そうに話しかけている。

「え？　……あ！」

そもそも、何故エマが森の中まで来たのかすっかり忘れてしまっていた。

「陛下」

エマは国王にヒューから受け取った手紙を差し出す。

「……これは？」

精神を攻撃してくる魔物に前方を囲まれて、スカイト領の狩人達がジリジリと目を合わさないように距離を縮めている。

そんな緊迫した状況の中で、エマは笑顔で答えた。

「王妃様から、お手紙です！」

「え？　今⁉」

「はい！　緊急の案件だそうなので直ぐに読んで下さい！」

「え？　今⁉」

「はい！」

絶対に今じゃないよ？　……と、国王は思った。

帝国からの攻撃、第一陣はヨシュアとお留守番の猫達の活躍により、事なきを得た。

しかし、それは序章に過ぎなかったのだ。

今度は、課外授業が行われているスカイト領に、帝国の魔の手が迫っていた。

まだ、何も気づいていない一家は、果たしてどうなるのか。

魔物は？　帝国軍は？

田中家は、この世界で初となる侵略戦争を止めることができるのか⁉

……次巻に、続きます。

書き下ろし特別編　アーバンとスチュワート家婦人会。

「お忙(いそが)しい中、お集まり頂き誠(まこと)にありがとうございます」

アーバンは深く頭を下げる。

パレス領主代行を務めるアーバンが、パレス領内にある領主の屋敷(やしき)内で、頭を下げている相手は、三人の御(ご)婦人方であった。

「忙しいだなんて……。アーバン、貴方(あなた)に比べれば大したことはありませんよ」

白髪(はくはつ)で姿勢の良い初老の女性がにっこりと笑う。

女性は、今はスチュワート領となった、元パソット領の領地を治めているゲイン・スチュワートの妻、アビゲイルである。

「ふふふ、アーバン様。とても美味(おい)しい紅茶を用意してくださったのですね？」

アビゲイルの隣(となり)に座(すわ)る品の良い初老の女性が、美しい所作で紅茶を褒(ほ)める。

「セレナ様に気に入っていただけるとは、恐縮(きょうしゅく)です」

セレナ……とアーバンが呼んだ女性は、今はスチュワート領になった、元レングレンド領の領地を治めているザック・スチュワートの妻である。

「で、何の用なんだい？」

セレナの隣に座る赤毛の中年女性が、ざっくりと話を切り出す。

貴族的な挨拶(あいさつ)に慣れていないこの女性は、ザックとセレナの息子(むすこ)、ギレルモの妻カロリーナである。

アーバンはこの日、スチュワート家の御婦人方を屋敷に招待したのである。

「皆様のご活躍は私の耳にも届いております。まずは、お礼を言わせてください」

アーバンは再び頭を下げる。

現在、パレスはこのお三方の力なくしては回らない。

なぜなら、彼女達の夫が、揃いも揃って王都へ行っているからである。

本来なら、アーバン一人が王都へ行くはずだったのだ。

そのために色々画策していたのに、全ての計画が彼女らの夫に、物理でもぎ取られてしまった。

上手くいけば今頃、エマに会っているのはアーバンだった。

「まあ、あのような男に嫁いだのですから、仕方ありません」

凛とした雰囲気のアビゲイルが、これも惚れた弱みだと眉を下げる。

元々、商家の娘として生まれた彼女は、数字が苦手な者が多いスチュワート一族の中で、アーバンが唯一、全幅の信頼を寄せて帳簿を任せられる貴重な人材である。

「ふふふ、もう慣れましたわ」

儚げな雰囲気のセレナが、アビゲイルの言葉に頷く。

セレナは元々とある高位貴族の深窓の令嬢であった。

ザック叔父が王都の学園を卒業して、故郷に帰ることになった際、半ば強引に駆け落ち同然でついて来た、見た目に反し、実は豪胆な内面を持っている女性である。

大半のスチュワート家一族が苦手とする、周辺貴族との社交を一手に引き受けてくれている。

「そうそう、やれることをやっているだけ」

姑であるセレナの言葉に、カロリーナも同意する。

カロリーナは生粋の元スチュワート領生まれ、元スチュワート領育ちの、強い精神と肉体を持つ女性だ。

ギレルモとは幼馴染みで、年上の彼女はギレルモよりも先に、狩人として魔物狩りに出ていた程の、ある意味スチュワート家らしい女性であった。

「そのように仰って頂いたうえで、またお願いをしなくてはならないのは誠に恐縮ではございますが……」

この三人を前にすると、アーバンは緊張する。

アーバンの周りにいた女性と何もかも違うからだ。

メルサ様といい……スチュワート家の男共は女性を見る目があり過ぎる。

「ああ、そうね。そろそろ、あの時期が来ますものね？」

アビゲイルは夏が終わったのですね、とため息を吐く。

「また、やつらが来るのか……」

カロリーナもうんざりした顔で夏を惜しんでいる。

パレスでは夏が終わると、魔物が出現しない他領の狩人を、受け入れる準備が始まる。

領主魔物管理六か条の⑤　辺境の領主は、定期的に魔物の出現のない領の狩人を、自領で受け入れ、教育しなくてはならない。

毎年毎年、本当にこれが大変なのだ。

「今年は問題を起こす者がいなければいいのですが……」

セレナは現実逃避するように遠くを見る。

毎年、ゲインもザックもギレルモも頭を抱えていた。

パレスの狩人とは違い、研修に来る狩人は魔物に対する免疫もなく、ぬくぬくと育った貴族の中でも手の付けられない次男、三男が多いのだ。

「去年は夜、宿泊所から抜け出した者達が居酒屋で暴れて、どれだけ賠償金を払ったことか……」

パレスの帳簿全てに目を通しているアビゲイルがこめかみを揉む。

「……うーん。研修が始まる頃には、ギレルモ達もさすがに帰ってきていると思うが、アーバン様一人に準備させる訳にはいかないよね」

「もちろん、手伝うわ」

「ええ」

カロリーナの言葉に二人の御婦人方も賛同する。

「ありがとうございます」

こちらがお願いする前に察してくれる御婦人方、話が早い。

スチュワート家の男共ではこうはいかない。

「そこで、今年から少し変えようと思っていることがありまして……」

アーバンはそう言うと、ぱぱっと事前に用意した書類を御婦人方に配る。

「宿泊所を、新しく建てる？」

「今から？」

「これは……」

配られた書類にサッと目を通した御婦人方が驚き、アーバンを見る。

「はい、昨日王都にいる兄から大量にコレが届きまして……」

アーバンは握り拳大の破片を机の上に置く。

「これは？」

アビゲイルが訊く。

「オワタ、という植物魔物を細かくしたものだそうです」

「オワタ？」

セレナが聞いたことがないと、首を傾げる。

「はい。王国での出現記録がない魔物ですから、聞いたことがなくても無理はないかと。兄一家からの皇国土産だそうです」

「皇国の魔物？」

たしか領主一家は、里帰りをせずに外国へ行っていたと聞いたが、土産が魔物だなんてあの一家らしい……とカロリーナは、興味深くオワタの破片を手に取り眺めている。

「あらまあ、これは中々……便利だわね？」

アビゲイルがアーバンの用意した書類の続きに目を通して笑う。

「まあ、本当に？」

「しかも、魔牛が百匹タックルしても大丈夫な強度？」

セレナとカロリーナは信じられないと驚いている。

「このオワタの破片で、かなり丈夫な建物を建てることができるそうです。しかも、早くて簡単に」

丈夫で、早くて簡単。

アーバンはこの土産の詳細を読んで閃いたのだ。

「これを使って、パレスで一番魔物が出現する場所に、合宿所を建てようと思います」

研修で一番困るのが、宿泊所から脱走して悪さをされることである。

大事なパレスの領民に迷惑をかけるのは何としても防ぎたい。

「なるほどね、周りに魔物がうろついているようなところだったら、誰も脱走しようなんて思わないわよね？　しかも……ふふ、アーバン様ったら悪い人」

アビゲイルが更に書類をめくって笑う。

「従来の研修日程では、まず座学から始まって、魔物の処理施設見学、最後に現地で魔物狩りの実習でしたが、思い切ってまるっと逆にしてみました」

アーバンがこれまでの研修の資料を見る限りでは、彼らが問題を起こすのは決まって前半であった。

後半で魔物を目の当たりにした瞬間に、大人しくなるのだ。

「ですが、知識のない者を狩場に入れるのは危ないだろう？」

狩人として第一線で働くカロリーナが心配する。

「それですが、そもそも彼らは貴族の子息達なのです。学園でしっかり魔物学を学んでいるはずで、彼らに足りないのは知識ではなく魔物への恐怖心でしょう」

学園に通ったアーバンは、魔物学でどの程度のことを教わるかを把握していた。

貴族で狩人をしているくらいであれば、少なくとも【初級】は履修済みと考えてよい。

「なるほど」

初めに恐怖を植え付けることで、真面目に研修してもらおうという作戦である。

「それに、王都からもう一つ土産がありまして……」

アーバンは別室からその土産を持ってくる。

「お！　これは！」

カロリーナが目を輝かす。

「アーマーボアの盾です。しかも最も強度がある鼻部分で作られています。これがなんと百枚も届きました」

「おお！　これもパレスでは珍しいんだよ！　しかも鼻！　処理も上手い」

アーマーボアの盾は、魔物狩りには必需品で、鼻部分となると狩人垂涎の品と言っても良い。

「百枚……これだけあればかなり安全が確保できますわね？」

嬉しそうにアーマーボアの盾を物色するカロリーナにセレナが微笑む。

「ええ。これを持っていれば、大概の攻撃で死ぬことはありませんからね」

アーバンもほくほく顔である。

だがその時、アビゲイルが閃く。

「アーバン様。これ、レンタルにしましょう。この盾がなくても研修は可能。でも、魔物を目の当たりにした者ならば、絶対にこれの必要性に気づくはず。そうですね研修人数が毎年七、八十人だったかしら……一日レンタルで、銀貨三十枚以上にすれば、毎年持ち出しだった研修費用の元が取れるのでは？」

この研修は、王家から強制されているのにもかかわらず、何の補助金も出ない。

ただただ出費が嵩むだけの赤字事業である。

それでも、過去の局地的結界ハザードの被害を思えば、断ることができなかったのだ。

「アビゲイル様、貴女、天才なのでは？」

アーバンはアビゲイルの提案に震えた。

◆　◆　◆

数日後。

「本当に、簡単に建てることができたな？」

カロリーナは、パレス領内の魔物出現区域にオワタの破片を使って建てられた宿泊所を見上げる。

「ええ、オワタの破片でレンガさえできれば、後は積み上げていくだけでした。そして丈夫ですね？」

建築途中で何度も魔物の襲撃があったが、レンガ一つ欠けていない。

「ふんふん、室内もシンプルでいいな。キッチンも使いやすそうだし」

気軽に外へ出られない分、合宿所の中はかなり充実していた。

「ええ。このオワタの破片レンガは汎用性が高くて、壁や天井だけでなく風呂も竈も家具も全部、これ一つで作れてしまいました」

アーバンは土産に添えられた手紙通りに、オワタの破片でレンガを作って合宿所を完成させることができ、満足そうに頷いている。

「これなら、私が暴れても合宿所が壊れなくていいな！」

「え？」

ニカッと笑ってカロリーナが振り返る。

「研修に来る狩人の面倒、私が見てやるよ」

研修の面倒見役は毎年、誰もやりたがらない。

まず、奴らは言うことを聞かないし、語気を強くすれば拗ねるし、暴力を受けただのと後々言い出してくることもある。

カロリーナはきっと、研修にくる誰よりも強いだろうが女性である。

貴族っていうのは面白いもので、何かと女性をか弱き者として扱うように育てられている。

万が一、奴らが反抗してカロリーナに返り討ちにされても、男の沽券にかかわるとかで、後からいちゃもん付けられる可能性が格段に低くなる。

「カロリーナ様、貴女、女神なのでは？」

アーバンは、カロリーナの提案に震えた。

◆　◆　◆

その、翌日。

「研修の準備は順調だそうですね？」

セレナがスチュワート家の邸宅を訪れていた。

「はい。アーマーボアの盾のレンタル料も、アビゲイル様がより細かく試算してくださり、銀貨三十五枚でもイケそうとの連絡をいただいたところです」

他にも、レンタル四日間コースだとちょっとお得な金貨二枚。

合宿所の食事は、従来通り無料で提供するが、夕飯時には別途料金を払えば酒の提供もする。

研修時の治療費も従来通り無料とするが、大怪我等で治療院への搬送が必要になった場合は別途搬送費を貰う。

もしも、何かあった時のために研修保険制度を導入し、研修開始時に、保険料として金貨四枚を払えば、先の有料サービスが無料で受け取れる上に、全治一か月以上の怪我をした場合は、治療費が最高金貨五枚まで受け取れる。

　運悪く死亡した場合は金貨十枚が遺族へ支払われる。

　といった説明を、合宿所へ向かう途中魔物がうろつく道のりを馬車内から見せ、到着してすぐ一番恐怖心がピークのタイミングで行う……等のアイデアをいただいていた。

　アビゲイル様がもし、ゲイン叔父様に嫁がずに婿養子をとって、実家の商家を切り盛りしていたら、ロートシルト商会のライバルになっていたかもしれない。

「あら、さすがアビゲイル様ですわ！」

　容赦のないアイデアを、セレナは上品に笑う。

　セレナ様が一人いるだけで、洗練された社交界に身を置いているような錯覚に陥って、ここが辺境だと忘れてしまいそうになる。

「私からも、一つ提案なのですが……」

　アビゲイルやカロリーナとは違って、魔物狩り関連でセレナが意見してくるのは珍しいことであった。

「ぜひ、お聞かせください」

　どれだけ忙しくとも、アーバンはご婦人方に耳を傾ける。

　ここパレスでは、知的な会話ができること自体が貴重だから。

「実は、ウォード領のテオドール様がこの度、ご結婚されたそうなの」

「それは……めでたい……ですね？」

テオドール・ウォード子爵は、元レングレンド領に近い領地を治める領主で、年齢はアーバンよりも大分年上だったと記憶している。

ゲイン叔父様やザック叔父様の幼馴染みで、比較的スチュワート家と親交がある家だ。

昔、エマがテオドール様、だいしゅきっと言ったことで、長年の友情にヒビが入りかけたとかゲイン叔父様が笑い話にしていた。

「ええ。でもお相手の方とはとても年が離れているらしくて……。まだ十代らしいの」

「ええええ⁉　それは、また……凄いですね？」

早くに前の奥様を亡くしたテオドール様には、お子がいない。

そこで若い嫁をもらい受けたのだろうか？　いや、それにしても若い。

「とても仲が良いご夫婦なのよ？」

年の差に驚いたアーバンの表情を読んだように、セレナはフォローを入れる。

「それで私、近いうちに新婚旅行でパレスに来てはどうかしらって、お誘いしたの」

年の差を気にしてか、式は挙げないと言う子爵に、セレナが質の良い絹織物が有名なパレスでウエディングドレスを仕立ててはどうかと提案したのだ。

「ほら、若い女の子はやっぱり着たいものでしょう？　式は挙げなくても絵姿だけでも残してあげると嬉しいと思うのよね？」

ドレスの話をするセレナは、少女のようにうっとりとした表情になる。

「ええ、たしかに」

アーバンも異論はない。

でも、そのくらいなら、わざわざアーバンのもとへ許可を貰いにくる必要はない。

「それで、エマシルク。少しで良いから融通（ゆうずう）してもらえたらと思って」

エマシルクはロートシルト商会によって制限がかけられており、簡単に提供できるものではない。

「エマシルク……ですか？」

アーバンから商会へ働きかけることもできなくはないが……。

「テオドール様は、ゲイン様やうちの人と同じくらい武闘（ぶとう）派でしょう？　その方がパレスに新婚旅行で滞在（たいざい）してくだされば、いざという時には魔物の対処もお手の物だわ」

セレナがアーバンの目を覗（のぞ）き込（こ）む。

「……？　ですが今は私がいますので……はっ。せ、セレナ様まさか⁉」

「課外授業があるのでしょう？　もうすぐ王都に行ったゲイン様やうちの人や息子も帰ってくるから、その前に出発しちゃいなさいな」

セレナは、アーバンの目を覗き込んだまま悪戯（いたずら）っぽくウインクする。

元高位貴族の深窓の令嬢であるセレナも、かつては学園に通っていたために課外授業がどんなものかを知っていた。

つまりは、アーバンに王都へ行ってこいと言ってくれているのだ。

叔父達が帰ってきてしまえば、王都へ行く便は再び争奪戦（そうだつせん）となる。

順番なんて、エマに会うことに関しては存在しないのだ。

その前に旅立った者勝ちだと。

「セレナ様、貴女、救世主ですか？」

アーバンは、セレナの提案に咽び泣いた。

こうして、アーバンはスチュワート家婦人会の協力のもと、過去最速で研修準備を済ませ、王都へと旅立ち、課外授業への参加を果たしたのであった。
そして、例年通り調子に乗った魔物が出現しない領の狩人達は、例年の数万倍、地獄を見ることになる。
初めて見る魔物、細々と巧妙に搾り取られてゆくお金、異様に腕っぷしと酒に強い面倒見役の女性、そして何よりもアーバンに抜け駆けされて機嫌の悪い講師陣がめちゃくちゃ怖かったのである。
魔物狩り講師、ゲイン・スチュワート
魔物処理講師、ギレルモ・スチュワート
魔物座学講師、ザック・スチュワート
この年以降、パレスでの研修は、受け入れ側にとって格段に楽なものとなり、受け入れられる側にとっては、ただの地獄になった。
厳しい分、スキル向昇は甚だしく、どんなに参加者達が研修を別の辺境領に変えてくれと訴えても変わることはなかった。

◆　◆　◆

「きれいだよ」

テオドール・ウォード子爵はウエディングドレスを纏った新妻に声をかける。

眩しいと感じる程の真っ白なドレスに、ライラの水色の髪がより映える。

「あの、テオドール様。こんな素敵なドレスありがとうございます」

ライラは目に涙を浮かべている。

没落同然の家から嫁いできたライラは、式を挙げることを諦めていた。

胸を張って呼べる親戚も、友人もいないのだから。

だから、せめて新婚旅行だけはと連れてきてもらったこの地で、ウエディングドレスを着られるなんて思ってもみなかったのだ。

「こちらは、パレスで一番の絵師よ。ほら、ウォード卿？　見惚れてないで隣に並びなさいな」

セレナが新郎を新婦の隣へとそっと押す。

「世界で一番の夫婦の肖像を描かせていただきます」

絵師は、決まり文句を言うとサラサラと下書きを始める。

「パレスは辺境ですが、王都に負けないくらい進んだ領ですから、きっとこの後の旅行も楽しめるかと。ディナーは是非、特産の黒毛魔牛を召し上がってください。ああ、女性には魔チーズフォンデュも人気です」

絵師は話好きらしく筆を動かしている間も二人を楽しませた。

「あの、テオドール様。私、今幸せです」

ライラは、随分年上の夫にそっと耳打ちする。

「おや？　偶然だね？　ライラ、私もだよ」

年上の夫は、にっこりと笑ってライラの水色の髪を梳く。

「あ、動かないでくださいね？」

真剣な表情で最後の仕上げにかかっていた絵師が揶揄う。

絵師は、王都の流行もいち早く敏感に取り入れる画法で評判の男であった。

最近王都では、カルネ・ロンバートというパトロンが囲う、多くの新進気鋭の画家達が様々な画法を生み出しているらしい。

「よし、最後にこの新婦の肘にほんのり、ピンクの差し色を入れれば完成っと」

そして数か月後、辺境の地パレスが、新婚旅行の行き先として莫大な人気を博すことになるのは言うまでもなかった。

あとがき

皆様、お世話になっております。猪口でございます。

この度は、カレー好きのカレー好きによるカレー好きのための転生小説「田中家、転生する。6」を手に取って頂き誠にありがとうございます。

今回登場するロック鳥のエピソードは、お弁当を抱えて歩いていた作者がトンビに襲われたときに思いついたものです。※お弁当は死守しました。

皆様におかれましても空からの襲撃と軽い気持ちでの画像検索には、くれぐれもお気をつけくださいますようお願い申し上げます。

(どさくさに紛れてこっそりと作者保身のための恒例の注意喚起をさりげなくねじ込む)

カバーにゃんこは、リューちゃんが王都でお留守番のため再びコーメイさんになりました。六巻の表紙、カレーがとっても美味しそうなのでお気に入りです。お腹空きます。

いつも素晴らしいキャラクターデザイン&イラストを描いてくださるｋａｗｏｒｕ様、この場をお借りして全力でお礼申し上げます。

そしてずっと「田中家、転生する。」を応援してくださっている皆様、本当にありがとうございます。皆様のご健康とご多幸を田中家の総力を挙げてお祈り申し上げます。

これからも続けて読んで下さると嬉しいです‼　よろしくお願い致します‼

猪口

DRAGON NOVELS
ドラゴンノベルス

田中家、転生する。6

2024年2月5日　初版発行

著　　者　猪口（ちよこ）

発 行 者　山下直久

発　　行　株式会社 KADOKAWA
〒102-8177　東京都千代田区富士見2-13-3
電話 0570-002-301（ナビダイヤル）

編　　集　ゲーム・企画書籍編集部

装　　丁　杉本臣希

D　T　P　株式会社スタジオ205 プラス

印 刷 所　大日本印刷株式会社

製 本 所　大日本印刷株式会社

DRAGON NOVELS ロゴデザイン　久留一郎デザイン室+YAZIRI

●お問い合わせ
https://www.kadokawa.co.jp/（「お問い合わせ」へお進みください）
※内容によっては、お答えできない場合があります。
※サポートは日本国内のみとさせていただきます。
※ Japanese text only

定価（または価格）はカバーに表示してあります。

ISBN978-4-04-075334-8　C0093